ORAISONS
FUNEBRES

COMPOSE'ES

Par Messire ESPRIT FLECHIER,
Evêque de Nismes.

TOME PREMIER.

J. Mariette fic.

A PARIS,

Chez ANTOINE DEZALLIER, ruë saint
Jacques, à la Couronne d'Or.

M. DC. LXXXXI.

Avec Privilege de Sa Majesté.

TABLE
DES ORAISONS
FUNEBRES.

ORAISON

ORAISON FUNEBRE

DE MADAME

JULIE-LUCINE-D'ANGENNES

DE RAMBOUILLET

DUCHESSE

DE MONTAUSIER

DAME D'HONNEUR

DE LA REINE.

PRONONCÉE EN PRESENCE de Madame l'Abbeſſe de Saint Eſtienne de Reims, & de Madame l'Abbeſſe d'Hiére ſes Sœurs, en l'Egliſe de l'Abbaye d'Hiére, le 2. Janvier 1672.

ORAISON FUNÈBRE

DE MADAME
LA DUCHESSE
DE MONTAUSIER.

Mulierem fortem quis inveniet ? Procul & de ultimis finibus pretium ejus.

Qui trouvera une femme forte ? Son prix paſſe tout ce qui vient des Païs les plus éloignez. Proverb. 31.

ESDAMES,

Le plus ſage de tous les Rois, éclairé des lumieres de

A ij

l'Efprit de Dieu, infpiré de laiffer à la poftérité le portrait d'une femme héroïque, nous la reprefente reveftuë de force & de bonne grace ; occupée à de grandes chofes, fans fortir de la modeftie de fon fexe ; comblée des biens mefmes de la fortune, mais toûjours prefte à les répandre dans le fein des pauvres ; pénétrée de la crainte de Dieu, & convaincuë de la vanité des grandeurs humaines ; tirant fa gloire d'une folide vertu, & non de l'éclat trompeur d'une fragile beauté ; mourant avec un vifage tranquille & riant : digne d'eftre receûë dans le Ciel, où elle fe préfente accompagnée de fes bonnes œuvres, & chargée des trefors d'honneur & de grace :

qu'elle a amaffez : digne enfin
aprés fa mort des regrets & des
loûanges de fon époux , aprés
avoir mérité fa tendreffe & fa
confiance pendant fa vie. Mais
avant que de nous dépeindre
cette femme forte & courageu-
fe, il nous avertit qu'il eft difficile de la rencontrer : il nous
en donne une idée, mais il femble qu'il n'en ait jamais trouvé
d'exemple. Il la forme dans fon
imagination; & doutant qu'elle
fe puiffe trouver dans la Nature, il s'écrie: Qui eft-ce qui la
trouvera? *Mulierem fortem quis
inveniet ?*

Mais cette haute vertu qu'il
a cherchée avec fi peu de fuccés, & dont il femble que fon
fiécle n'eftoit pas capable, s'eft
rencontrée en la perfonne de

l'Illuſtre JULIE-LUCINE-
D'ANGENNES-DE-RAMBOUÏL-
LET, Ducheſſe de Montauſier.
Dans tout le cours de ſa vie &
de ſes actions, elle a exprimé
ce parfait Original par ſa gé-
néroſité naturelle, par le bon
uſage des biens & de la faveur,
par la connoiſſance de ſon
néant & de la grandeur de
Dieu, par un aveu ſincere des
foibleſſes & des vanitez humaines, par une mort douce &
tranquille, par le regret univer-
ſel de tous ceux qui l'avoient
connuë. Que Salomon deſeſ-
pere de la trouver, cette femme forte & courageuſe! nous
pouvions nous vanter de l'a-
voir trouvée.

Mais helas! ces pieux devoirs
que l'on rend à ſa mémoire,

ces prieres, ces expiations, ce
facrifice, ces chants lugubres
qui frapent nos oreilles, & qui
vont porter la triftefle jufques
dans le fond des cœurs, ce trifte appareil des facrez myfteres, ces marques religieufes de
douleur que la charité imprime-
me fur vos vifages, me font
fouvenir que vous l'avez perduë. Tout l'éclat de fa fortune eft donc réduit à la célé-
bration d'une pompe funébre !
De tout ce qu'elle eftoit, il ne
vous refte donc que cette funefte penfée, qu'elle n'eft plus !
Cette amitié mefme, & ce nom
de fœur que la chair & le fang
vous rendoient fi doux, font
retournez dans leur principe,
& fe font perdus dans le fein
de la charité de Dieu. Il ne

vous reſte que le déplaiſir de
ſa perte & la mémoire de ſes
vertus; & vous ne pouvez que
trop redire deſormais les paroles de mon texte : *Qui trouvera
maintenant une femme forte?*

Quand je conſidere pourtant
que les Chreſtiens ne meurent
point, qu'ils ne font que changer de vie; que l'Apoſtre nous
avertit de ne pas pleurer ceux
qui dorment dans le ſommeil
de paix, comme ſi nous n'a-
vions point d'eſpérance; que la
Foy nous apprend, que l'Egliſe du Ciel & celle de la Terre
ne font qu'un corps; que nous
appartenons tous au Seigneur,
ſoit que nous mourions, ſoit
que nous vivions , parce qu'il
s'eſt aquis par ſa réſurrection ,
& par ſa vie nouvelle, une do-

mination fouveraine fur les
morts & fur les vivans : quand
je confidere, dis-je, que celle
dont nous regretons la mort,
eft vivante en Dieu, puis-je
croire que nous l'ayions perduë ?
Non, non, c'eft affez pleurer
fa féparation ; il eft temps de
penfer à fon bonheur : la douleur doit ceder à la Foy, & la
compaffion naturelle doit faire
place à la confolation Chreftienne.

Je prétens vous remettre aujourd'huy devant les yeux fa vie
mortelle, afin de vous perfua-
der de fon immortalité bienheureufe. Je veux retracer dans
voftre memoire les graces que
Dieu luy a faites, afin que
vous loüiez la mifericorde qu'il
vient de luy faire. Autant de

A v

vertus qu'elle a pratiquées, font autant de fujets de confiance en la bonté de Dieu, qui fe plaift à récompenfer ceux à qui il infpire de le fervir. Partagez donc avec moy les trois eftats differens de fa vie. Examinez fa fageffe dans une condition privée, fa moderation dans les plus grandes dignitez de la Cour, & fa patience dans une longue & ennuyeufe maladie. Admirez cette femme forte, qui réfifte aux foibleffes de fon fexe dés fon enfance, à l'orgueïl dans fa plus grande élevation, à la douleur dans le temps de fon abbatement & de fa mort mefme. Voilà tout le fujet de ce difcours. Je n'ay befoin ni de paroles étudiées, ni de figures exceffives, ni de

loûanges flateufes. Je fuis en la
prefence du Dieu de la verité :
je parle à des ames pures &
finceres, qui ont horreur du
foupçon mefme de la vanité &
du menfonge : & je vous propofe les vertus d'une vie, dont
je déplore en mefme temps la
mifere & la fragilité.

Si j'avois à parler devant des
perfonnes que l'ambition ou la
fauffe gloire attachent au monde, je m'accommoderois à leur
foibleffe, & à la couftume ; &
relevant la naiffance de noftre
Illuftre Ducheffe , j'irois leur
chercher dans l'Hiftoire ancienne les fources de la noble
Famille d'Angennes, dont la
gloire, la grandeur, & l'ancien-
neté font affez connuës. Je def-
cendrois jufqu'aux derniers fie-

cles, où l'on a veû tout à la fois cinq freres de cette illustre Maifon, trois Chevaliers des Ordres du Roy, un Cardinal, & un Evefque, tous Ambaffadeurs en mefme temps, qui rempliffoient de l'éclat de leurs vertus différentes prefque toutes les Cours de l'Europe. Je leur dirois que fon ayeule Julie Savelli eftoit fortie d'une des plus anciennes familles d'Italie; qu'elle comptoit des Rois, des Conquerans, des Souvérains Pontifes pour fes anceftres, & trois de nos Rois pour fes alliez. Je les exciterois aprés infenfiblement à imiter les vertus de celle dont ils auroient révéré la nobleffe ; & faifant femblant de flater 'leur vanité, je leur infinuërois des exem-

ples de moderation & de fageffe.

Mais oferois-je, MESDAMES,
vous entretenir d'une gloire à
laquelle vous avez renoncé ?
Ne fçay-je pas qu'ayant abandonné le monde pour mener
une vie plus fainte & plus ca-
chée dans la retraite, vous ne
prétendez plus qu'à l'honneur
d'eftre de la Famille de J E S U S-
CHRIST ? Il fuffit de vous dire, qu'il y a une Nobleffe d'efprit plus glorieufe que celle du
fang, qui infpire des fentimens
généreux, & une loûable ému-
lation, & qui fait defcendre
par une heureufe fuite d'exemples, les vertus des peres dans
les enfans. La fage J U L I E d'Angennes fembloit avoir recueïlli
cette fucceffion fpirituelle ; &

cette gloire, qui donne ordinairement de l'orgueïl & de la
fierté, ne luy donna que des
fentimens modeftes, & des
defirs ardens d'affifter ceux qui
pouvoient avoir befoin de fon
fecours.

Que fi elle fceût régler les
mouvemens de fon cœur, elle
ne régla pas moins les mouvemens de fon efprit. Qui ne fçait
qu'elle fut admirée dans un
âge où les autres ne font pas
encore connuës; qu'elle eût de
la fageffe en un temps où l'on
n'a prefque pas encore de la
raifon; qu'on luy confia les fecrets les plus importans dés
qu'elle fut en âge de les entendre; que fon naturel heureux luy tint lieu d'expérience
dés fes plus tendres années; &

qu'elle fut capable de donner
des confeils en un temps où les
autres font à peine capables d'en
recevoir ? Une fi heureufe naiffance la rendit d'abord la paffion de tout ce qu'il y avoit
de vertueux & d'élevé dans la
Cour. On fe fit honneur d'a-
voir part en fon amitié. Elle
eût le bonheur de plaire à des
Reines. Des Princeffes d'un mérite extraordinaire, des Dames
que la faveur élevoit prefque
au rang des Princeffes, la defi-
rerent à l'envi pour favorite ;
& telle fut fon adreffe , que
fans ufer d'aucun art indigne
de fon grand courage, elle fe
conferva toûjours dans leur con-
fidence, du confentement mefme de celles qui auroient pû la
luy difputer:tant fon efprit avoit

de charmes, tant elle eſtoit élevée au deſſus meſme de l'envie !

Quand la nature ne luy auroit pas donné tous ces avantages, elle auroit pû les recevoir de l'éducation ; & pour
eſtre illuſtre, il ſuffiſoit d'avoir
eſté élevée par Madame la Mar-
quiſe de Rambouïllet. Ce nom
capable d'imprimer du reſpeĉt
dans tous les eſprits où il reſte
encore quelque politeſſe ; ce
nom qui renferme je ne ſçay
quel mélange de la grandeur
Romaine, & de la civilité Fran-
çoiſe ; ce nom, dis-je, n'eſt-il
pas un éloge abregé, & de
celle qui l'a porté, & de celles qui en ſont deſcenduës ?
C'eſtoit d'elle que l'admirable
J u l i e tenoit cette grandeur
d'ame, cette bonté ſinguliere,

cette prudence confommée,
cette piété fincere, cét efprit
fublime, & cette parfaite connoiffance des chofes qui rendi-
rent fa vie fi éclatante.

Vous diray-je qu'elle péné-
troit dés fon enfance les defauts les plus cachez des Ouvrages d'efprit, & qu'elle en
difcernoit les traits les plus dé-
licats ? Que perfonne ne fçavoit mieux eftimer les chofes
loûables, ni mieux loûër ce
qu'elle eftimoit ? Qu'on gardoit
fes lettres comme le vray mo-
dele des penfées raifonnables,
& de la pureté de noftre Langue ? Souvenez-vous de ces cabinets que l'on regarde encore
avec tant de vénération, où
l'efprit fe purifioit, où la vertu
eftoit révérée fous le nom de

l'incomparable Artenice, où ſe
rendoient tant de perſonnes de
qualité & de mérite, qui compo-
ſoient une Cour choiſie, nom-
breuſe ſans confuſion, modeſte
ſans contrainte, ſçavante ſans
orgueïl, polie ſans affectation.
Ce fut-là que tout enfant qu'elle eſtoit, elle ſe fit admirer de
ceux qui eſtoient eux-meſmes
l'ornement & l'admiration de
leur ſiécle.

Il eſt aſſez ordinaire aux perſonnes à qui le Ciel a donné
de l'eſprit & de la vivacité, d'a-
buſer des graces qu'elles ont
receûës. Elles ſe piquent de
briller dans les converſations, de
réduire tout à leur ſens, & d'e-
xercer un empire tyrannique
ſur les opinions. L'affectation,
la hauteur, la préſomption cor-

rompent leurs plus beaux fentimens ; & l'efprit qui les retien-
droit dans les bornes de la modeftie, s'il eftoit folide, les porte ou à des fingularitez bizar-
res, ou à une vanité ridicule,
ou à des indifcrétions dangereufes. A-t-on jamais remar-
qué la moïndre apparence de
ces defauts, en celle dont nous
faifons aujourd'huy l'éloge ? Y
eut-il jamais un efprit plus
doux, plus facile, plus accommodant ? Se fit-elle jamais craindre dans les compagnies ? Ef-
toit-elle éloignée de la Cour ? on
euft dit qu'elle eftoit née pour
les Provinces. Sortoit-elle des
Provinces ? on voyoit bien qu'elle eftoit faite pour la Cour.
Elle fe fervoit toûjours de fes
lumieres pour connoiftre la ve-

rité des choſes, & pour entretenir la charité ; & croyoit que
c'eſtoit n'avoir point d'eſprit,
que de ne pas l'employer ou à
s'inſtruire de ſes devoirs, ou
à vivre en paix avec le prochain.

En effet, qu'eſt-ce que l'eſprit dont les hommes paroiſ-
ſent ſi vains ? Si nous le conſidérons ſelon la nature, c'eſt
un feu qu'une maladie & qu'un
accident amortiſſent ſenſiblement. C'eſt un tempérament
délicat qui ſe dérégle, une heureuſe conformation d'organes
qui s'uſent, un aſſemblage, &
un certain mouvement d'eſprits qui s'épuiſent, & qui ſe
diſſipent. C'eſt la partie la plus
vive & la plus ſubtile de l'ame
qui s'appeſantit, & qui ſemble

vieillir avec le corps. C'eſt une
fineſſe de raiſon qui s'évapore,
& qui eſt d'autant plus foible
& plus ſujette à s'évanoüir
qu'elle eſt plus délicate & plus
épurée. Si nous le conſidérons
ſelon Dieu, c'eſt une partie de
nous-meſmes plus curieuſe que
ſçavante, qui s'égare dans ſes
penſées. C'eſt une puiſſance or-
gueïlleuſe, qui eſt ſouvent con-
traire à l'humilité & à la ſimplicité Chreſtienne; & qui laiſſant
ſouvent la verité pour le menſonge, n'ignore que ce qu'il
faudroit ſçavoir, & ne ſçait que
ce qu'il faudroit ignorer.

Cette généreuſe fille ſe mit
au deſſus des opinions vulgai-
res. Parmi les erreurs, & les
faux jugemens du monde, elle
s'appliqua à découvrir ce point

de verité, qui fait regarder la
vanité des choſes humaines; &
c'eſt d'elle que le Sage ſemble
avoir dit, que ſes lumieres ne
s'éteindroient point dans la nuit,
non extinguetur in noÇe lucerna
ejus. On eſtime les biens; elle
a crû qu'il falloit les recevoir
de la Providence, & les communiquer par la charité. On
recherche les honneurs; elle a
jugé qu'il ſuffiſoit de s'en rendre digne. On s'attache à la
vie; elle l'a mépriſée dés qu'elle a pû la connoiſtre.

Agréez, MESDAMES, que
je m'arreſte à ces dernieres paroles, que je me ſerve de toute voſtre attention, & que je
loûë icy une de ſes aÇions cé-
lébres, où la force d'eſprit, &
la charité chreſtienne ont éga-

lement éclaté. Dieu , qui imprime de temps-en-temps la terreurs de ſes jugemens dans les cœurs des hommes , par des punitions publiques, affligea la Capitale de ce Royaume d'une maladie contagieuſe : la corruption ſe répandit d'abord ſur le peuple ; elle paſſa dans les maiſons des Grands ; elle approcha du Palais des Rois ; elle n'épargna pas voſtre famille, & vous enleva un frere dans un âge encore tendre, preſque ſous les yeux de voſtre charitable Mere. Helas ! ſuis-je d'eſtiné à r'ouvrir toutes les playes de voſtre Famille ! & de combien de morts faut-il vous renouveller le ſouvenir à l'occaſion d'une ſeule ? Ce fut en cette rencontre que cette fille forte

& courageuſe donna un exemple mémorable de ſa fermeté.
La frayeur de la mort ne luy
fit point abandonner ſa Maiſon:
elle voulut aſſiſter ce frére mourant, ſans craindre ces ſouffles
mortels, qui portent le poiſon
dans les cœurs.

Vous ſçavez l'horreur qu'on
a de recueïllir ces ſoupirs contagieux, qui ſortent du ſein
d'un mourant, pour faire mourir ceux qui vivent. Le mal qui
conſume l'un, menace les autres : le danger eſt preſque égal
en celuy qui ſouffre, & en celuy qui l'aſſiſte ; & l'on ne peut
avoir en ſervant ces ſortes de
malades, que la malheureuſe
conſolation de les voir mourir, ou la triſte eſpérance de les
ſurvivre de quelques jours. La
Nature

Nature en cette occafion relaf-
che beaucoup de fes droits, &
de fes obligations ordinaires.
Les loix de la chair & du fang
ne font pas fi fortes que l'horreur d'une mort prefque inévitable. La Religion mefme difpenfe de ces funeftes devoirs
ceux qui n'y font pas engagez
par un caractere particulier. Il
eft permis d'acheter des fecours,
& d'employer des ames que
l'avarice jette dans les dangers,
ou qu'une charité furabondante
a dévoûées au bien public. Mais
J u l i e s'éléve au deffus des
fentimens d'une pieté commune. Elle femble eftre née pour
faire des actions héroïques ; elle facrifie volontairement une
vie douce, heureufe, illuftre
dés fes premieres années ; & par

B

une conftance admirable, elle demeure ferme au milieu d'un péril qui fait trembler les plus courageux.

Vous admirez fans doute cette fermeté, que Dieu a récompenfée de tant de profpéritez, & de tant de graces : & vous croiriez, MESDAMES, que c'eft le dernier effort de fa conftance, que ce facrifice qu'elle a fait de fa propre vie, fi je ne vous faifois fouvenir, qu'ayant enfin trouvé un mérite & un cœur dignes d'elle, il y eût des dangers qu'elle craignit plus que les fiens mefmes ; il y eût une vie qui luy fut plus chére que la fienne propre.

Vous penfez déja aux combats, aux blefleûres, aux victoires de fon illuftre Efpoux ; vous

repaſſez dans voſtre mémoire
ces exemples de fidélité qu'ils
ont donnez dans des temps de
confuſion & de révolte, l'un
forçant des villes par ſa valeur, l'autre gagnant des cœurs
par ſon adreſſe ; l'un rangeant
des rebelles à leur devoir, par
la terreur & par l'effort de ſes
armes, l'autre excitant la fidélité dans l'eſprit des peuples
par la vénération qu'on avoit
pour elle ; l'un perçant luy ſeul
des eſcadrons entiers, ſans craindre ni la force, ni la multitude, ni le danger, ni la mort
meſme ; l'autre le voyant reve-
nir aprés un glorieux combat
tout couvert de ſang & de
playes, ſans que l'affliction do-
meſtique l'empeſchaſt de travailler elle-meſme à la ſeû-

reté & au repos de la Provin-
ce.

Jamais cœur ne fut preſſé
d'une plus vive douleur que le
ſien ; jamais cœur ne fut ſi conſ-
tant. Sa triſteſſe n'empeſchoit
pas ſa prévoyance. Ce qu'elle
alloit , ce ſemble , perdre , ne
luy faiſoit pas oublier ce qu'elle devoit conſerver. La tendreſſe pour ſon Eſpoux s'accordoit
en elle avec les ſoins pour la République. Soulageant les bleſ-
ſeûres mortelles de l'un, & cal-
mant les mouvemens dange-
reux de l'autre, elle s'aquitoit
en meſme temps de tous les devoirs d'une fidelle eſpouſe , &
d'une fidelle ſujette. Il n'en faut
pas davantage pour vous faire
voir qu'elle a réſiſté aux foibleſſes de ſon ſexe. Il reſte à

vous montrer qu'elle a résisté
à l'orgueïl dans son élevation.

UN ANCIEN disoit autre- *Thucid.*
fois, que les hommes estoient
nez pour l'action, & pour la
conduite du monde, & que les
Dieux leur avoient donné en
partage la valeur dans les combats, la prudence dans les conseils, la modération dans les
prospéritez, & la constance dans
la mauvaise fortune. Que les
Dames n'estoient nées que pour
le repos & pour la retraite ; que
toute leur vertu consistoit à estre inconnuës, sans s'attirer ni
blasme, ni loûange ; & que
celle-là estoit sans doute la plus
vertueuse, de qui l'on avoit le
moins parlé. Ainsi il les retran-
choit de la République, pour

les renfermer dans l'obfcurité
de leur famille : de toutes les
vertus morales, il ne leur accordoit qu'une pudeur farou-
che ; il leur oftoit mefme cette bonne réputation, qui femble eftre attachée à l'honnefteté de leur fexe ; & les réduifant à une oifiveté qu'il croyoit
loüable, il ne leur laiffoit pour
toute gloire que celle de n'en
avoir point.

Il eft aifé de reconnoiftre
l'injuftice de ce fentiment. Car
outre que la Philofophie nous
apprend que l'efprit & la fageffe font de tout fexe, que les
ames d'une mefme efpéce ont
des mouvemens femblables, &
qu'ayant des principes communs de raifon & d'équité naturelle, elles font capables des

mefmes vertus ; l'expérience nous apprend encore que Dieu fufcite de temps-en-temps des femmes fortes, qu'il éleve au deffus des foibleffes ordinaires de la nature, à qui il paroift qu'il donne un tempérament particulier, & qu'il rend di-gnes de fouftenir de grands emplois, & de fervir d'exem-ple & d'ornement à leur fié-cle.

Telle fut l'incomparable J u-l i e, que toute la France a fi long-temps admirée, & que toute la France regrette aujour-d'huy. Elle eût toutes les qua-litez naturelles qui compofent un mérite éminent, & qui at-tirent l'eftime & la vénération publique. Que ne puis-je vous décrire cét air de grandeur, &

B iiij

cette majefté accompagnée de
tant de graces ; cét efprit fi folide & fi délicat tout-enfemble ; ce jugement fi éclairé, &
fi incapable d'eftre furpris ; cette ame fi noble & fi généreufe ; ce cœur fi fenfible à l'honneur & à la véritable gloire !
Que ne puis-je vous marquer
icy cette inclination bienfaifante, qui n'a jamais perdu une
occafion de fervir ceux qui ont
eû befoin de fon fecours ; ces
manieres civiles, humaines, of-
ficieufes, qui luy ont gagné tant
de cœurs ; cette façon de s'exprimer fi jufte & fi naturelle ;
ce tour d'efprit particulier, qui
rendoit fa converfation fi agréable ; ces penfées, toûjours fon-
dées fur les principes de la raifon , & fur l'expérience du

grand monde, dont elle con-
noiſſoit ſi-bien toutes les hu-
meurs, tous les intérefts, &
tous les uſages! Que ne puis-je
vous dire enfin ce que vous
ſçauriez mieux que moy, ſi la
douleur de l'avoir perduë, ne
vous faiſoit oublier pour un
temps le plaiſir que vous avez
eû de la poſſéder!

Quand vous ne ſçauriez ni
le nom, ni l'hiſtoire de la per-
ſonne dont je vous parle, quand
vous auriez oublié toute la gloire de voſtre Maiſon ; ne recon-
noiſtriez-vous pas dans ce portrait que je viens de faire, tous
les traits d'une Dame illuſtre,
capable de former l'eſprit & le
cœur des enfans du plus grand
Monarque du Monde, de leur
inſpirer des paroles & des pen-

fées dignes de leur rang & de leur naiffance, d'imprimer dans leurs ames encore tendres ces fentimens élevez qui diftinguent les ames Royales d'avec les ames du commun, de leur apprendre l'art de fe faire aimer de leurs Sujets, avant qu'ils fçachent fe faire craindre de leurs ennemis, de fouftenir la gloire & les efpérances d'un grand Royaume; en un mot, d'eftre Gouvernante d'un Dauphin de France? On pouvoit connoiftre par ce qu'on voyoit en elle, ce qu'on en devoit efpérer; & dans le temps de la naiffance de ce jeune Prince, il eftoit aifé de juger que Dieu, dont la Providence veille fur les Rois & fur les Royaumes, l'avoit deftinée à fon éduca-

tion, & que le Roy, dont le
difcernement eft fi jufte, la devoit choifir entre toutes les per-
fones de fa Cour pour un employ fi important.

Il la choifit en effet, MES-
DAMES, pour luy confier ce
Royal Enfant, qui fait aujour-
d'huy l'amour & les délices des
peuples. L'ambition ni le hazard n'eûrent point de part à
ce choix. Toute la France l'a-
voit prévenu par fes vœux &
par fes defirs, & le Souverain
le fit avec connoiffance & avec
juftice. En ce temps qu'il commençoit à fe charger luy-mefme du poids des affaires, qu'il
méditoit ces glorieux deffeins
qu'il a depuis exécutez de réprimer l'injuftice, de rétablir la
difcipline, de corriger les abus

qui s'eftoient gliffez dans les loix mefmes, d'affermir la paix dans fes Provinces, & d'entrer dans fes droits, ou en Conquerant, ou en Prince pacifique : en ce temps, dis-je, que rempli de ces grandes maximes d'équité qu'il a depuis toûjours pratiquées, il commençoit à récompenfer par luy-mefme le mérite de fes Sujets, il crût qu'il ne pouvoit donner une plus grande idée de fon difcernement & de fa juftice, qu'en donnant à la perfonne de fon Royaume la plus fidelle & la plus éclairée, le foin le plus important de fon Eftat.

C'eft elle donc qui a eû la gloire de former les premiers fentimens, & les premieres paroles de ce jeune Prince. Pou-

voit-il penſer, pouvoit - il parler plus dignement ? Elle luy a
montré à lever ſes mains pures & innocentes vers le Ciel,
à tourner ſes premiers regards
vers ſon Créateur. Elle luy a
inſpiré ſes premiers vœux , &
ſes premieres prieres ; elle a tiré de ſon cœur ſes premiers
ſoupirs. Combien de fois , en
eſſuyant ſes larmes, a-t-elle demandé à Dieu qu'il luy inſpiraſt
de la tendreſſe pour ſon peuple ? Combien de fois, en le cor-
rigeant, a-t-elle demandé pour
luy un cœur ſage & docile aux
inſpirations du Ciel ? Combien
de fois a-t-elle prié Dieu, qui
tient en ſes mains les cœurs des
Rois, d'en faire un Prince ſelon le ſien? Et combien de fois
a-t-elle fait cette priere du Pro-

phéte, *Seigneur, donnez au Roy vostre Jugement, & vostre Justice au fils du Roy ?* Je laiſſe ces inſtructions ſi utiles, & ces maximes ſi pures qu'elle luy a depuis inſinuées ; je laiſſe celles qu'elle euſt pû luy inſinuer, ſi Dieu luy euſt prolongé le cours de ſes années. Je me contente de dire, qu'il n'y eût jamais d'attachement plus fort que celuy qu'elle eût pour ce Prince. Qui pourroit exprimer la joye qu'elle reſſentoit lors qu'elle voyoit paroiſtre ſes bonnes inclinations, croiſtre ſes bonnes habitudes, & germer ces précieuſes ſemences de gloire & de vertu qu'elle avoit jettées avec tant de ſoin dans ſon cœur ? Mais qui pourroit exprimer la douleur qu'elle reſſentit , lors que la

Providence de Dieu la retira de cét employ, où elle eſtoit autant liée par l'inclination & par la tendreſſe, que par la fidelité & par le devoir?

En effet, il n'y a rien de ſi aimable que l'enfance des Princes deſtinez à l'Empire, lors qu'ils donnent des marques d'un naturel heureux. On voit en eux des rayons de la majeſté de Dieu, temperez des ombres de la foibleſſe des hommes. Ce ſont des Soleils dans leur Orient, qui réjoüiſſent les yeux, & qui ne les ébloüiſſent pas encore : chacun cherche ſur leur viſage des préſages de ſon bonheur à venir. On croit trouver dans toutes leurs petites actions des fondemens des eſpérances publiques. Ils ſont

d'autant plus aimez, qu'ils n'ont
rien qui les faſſe craindre ; &
ils regnent d'autant plus forte-
ment dans les cœurs, qu'ils ne
regnent pas encore dans leurs
Eſtats.

La Majeſté des Rois inſpire
plus de reſpect que de tendreſſe. C'eſt une eſpece de religion
civile, & de culte politique,
qui nout fait révérer ces traits
que la main de Dieu a gravez
ſur le front de ceux à qui il dai-
gne communiquer ſa puiſſance.
Ils ont beau deſcendre juſqu'à
nous, nous n'oſerions nous élever juſqu'à eux. Quoy-qu'ils
ſoient les Peres des peuples, ils
en ſont les Maiſtres & les Souverains. Quelque foibleſſe qu'ils
puiſſent avoir, l'homme ſe cache, pour ainſi dire, ſous le

Monarque ; & quelque bonté
qu'ayent les Rois, ils ont toûjours l'éclat & la pompe de la
Royauté. Mais lors qu'ils n'ont
que ces agrémens que l'âge
donne ; qu'on ne voit dans leurs
yeux, & fur leur vifage, que
des traits de douceur & d'innocence ; qu'ils font encore affez
dociles pour entendre la vérité ;
& qu'au lieu d'une grace, qu'un
Ancien difoit que Dieu donne *Xenoph.*
à chaque Souverain, pour tem-
perer l'aufterité du commandement, il femble que toutes
les graces enfemble les accom-
pagnent : alors il fe fait des
impreffions d'amour & de tendreffe dans les cœurs de ceux
qui les voyent, & beaucoup
plus de ceux qui les gouvernent, & qui doivent eftre les

inftrumens de la félicité publique.

Y eût-il jamais de Gouvernante plus zélée ? Y eût-il jamais de jeune Prince plus aimable ? Jugez par là combien cette féparation luy fut fenfible.
Elle ne put s'en confoler que
par l'obéïffance qu'elle rendoit
au plus grand & au plus fage
de tous les Rois, & par l'honneur qu'elle avoit de paffer au
fervice de la plus grande & de
la plus pieufe Reine du monde.

Mais helas ! il falloit fe préparer à des feparations bien
plus fenfibles. O mort ! cruelle
mort ! que ne luy laiffois-tu
plus long-temps le plaifir de
voir le fruit de fes travaux ! Que
n'a-t-elle veû accomplir la plus

grande partie de fes efpérances ! Que n'a-t-elle veû éclater
ces grandes qualitez dont elle
avoit formé les principes ! Belle ame qui repofez maintenant
dans le fein de la paix & du
repos éternel, je fçay que c'eft
prefque la feule douceur qui
vous a fait fouhaiter de vivre.
Mais s'il vous refte encore quelque fentiment pour le monde
que vous avez quitté, penfez
que ces vertus naiffantes fe fortifient, que voftre ouvrage fe
perfectionne tous les jours,
qu'une partie de vous-mefme
acheve ce que vous avez commencé ; que voftre illuftre Efpoux employe à cette éducation fi importante cét efprit que
vous avez tant eftimé, cette
ame qui eft encore unie fi é-

troitement à la voftre, ce cœur
où vous eftes encore vivante ;
& que dans la douleur de vous
avoir perduë, il a la confolation de retrouver encore quelque chofe de vous dans l'efprit
& dans les actions de cét admirable Enfant qu'il éléve.

Pourquoy interrompre, M e s-
d a m e s , par ces idées funeftes
la relation glorieufe de fes honneurs & de fes charges ? Ce feroit icy le lieu de vous la reprefenter dans le plus grand éclat
de fa vie, honorée de l'eftime &
de la confiance de fes Maiftres,
comblée de toutes les graces
qui pouvoient tomber fur fa
perfonne, ou fur fa famille,
fuivie de tous ceux qui recon-
noiffoient le mérite, ou qui ado-
roient la faveur. Mais je fçay

qu'elle n'a jamais mis ſa confiance qu'en Dieu ſeul ; & je
me ſouviens que je parle à des
Epouſes de JESUS-CHRIST,
qui menent une vie humble &
penitente, & pour qui toute
grandeur humaine n'eſt que vanité. Ne penſons donc à cette
gloire, à cét éclat, à ces dignitez, que pour connoiſtre le bon
uſage qu'elle en a fait.

Les Honneurs ſont inſtituez
pour récompenſer le mérite,
pour exercer la ſageſſe, & pour
eſtre des occaſions de faire du
bien : auſſi ils n'appartiennent
de droit qu'à des ames modé-
rées, juſtes, charitables, qui les
reçoivent ſans empreſſement,
qui les poſſedent ſans orgueïl,
qui les retiennent ſans intereſt.
Mais l'eſprit du monde en a

perverti le veritable ufage. On
les brigue fans les meriter ; on
en abufe, quand on les a ob-
tenus ; on n'en veut joüïr que
pour foy, quand on les poffede.
L'ambition les aquiert par des
voyes mefme criminelles ; la
vanité les regarde comme des
préférences, & des diftinctions
du refte des hommes ; & l'injuftice fait qu'on en retient tout
le fruit qui devroit fe communiquer aux autres. Noftre illuftre Ducheffe a évité ces é-
cueils ; elle n'a pas recherché
les honneurs , quoy-qu'elle les
ait méritez. Elle ne s'eft pas tou-
jours fervie de toute l'autorité
qu'elle auroit pû prendre. Elle
a employé tout fon credit pour
affifter tous ceux qui ont eû
befoin de fon fecours.

Si la grandeur & la tranquillité de fon ame avoient efté
moins connuës, je vous dirois
feulement qu'elle n'a employé
aucun de ces artifices, que les
ambitieux appellent la fcience
du monde, & le fecret de par-
venir ; & qu'elle ne s'eft infi-
nuée à la Cour, ni par de preffantes follicitations, ni par de
lafches flateries. Mais je puis
paffer plus avant, & dire qu'elle a élevé fon efprit au deffus
des fauffes idées des hommes ;
qu'elle a regardé fans envie ce
qui eftoit au deffus de fa fortune, comme elle a veû fans
mépris tout ce qui paroiffoit
au deffous d'elle ; qu'elle a recherché la vertu pour elle-mef-
me, & non pour fon éclat, &
pour fes récompenfes ; & qu'en-

fin les honneurs l'ont trouvée,
ſans qu'elle ait eû le ſoin de les
chercher.

Rappellez dans voſtre mé-
moire, MESDAMES, les com-
mencemens de ſes Emplois. Elle
eſtoit accablée d'une dangereuſe maladie : & comment euſt-
elle fait des vœux pour ſa fortune, elle qui n'en faiſoit preſque pas pour ſa guériſon ? Euſt-
elle eû des prétentions pour la
gloire de la terre, lors qu'elle
approchoit ſi fort de celle du
Ciel ? Luy pouvoit-on briguer
des Charges, lors qu'on eſtoit
aſſez occupé à luy conſerver
un reſte de vie ? On ne demandoit pas de ces grandes proſperitez, c'eſtoit aſſez de ne la
point perdre ; & dans le danger où elle eſtoit, on n'avoit à
                              ſollici-

folliciter que le Ciel pour elle.
Dieu exauça les vœux de fa
famille, en mefme temps qu'il
exauçoit ceux de la France. Il
fit naiftre un Prince qui devoit
eftre l'héritier de ce grand
Royaume; il empefcha de mourir celle que fa Providence a-
voit deftinée pour fa Gouvernante.

Ce n'eft pas affez que d'entrer ainfi dans les honneurs,
fi l'on n'en ufe avec modération quand on les poffede.
Ceux qui fçavent régler leurs
defirs, ne reglent pas toûjours
leur autorité. L'orgueil, qui eft
prefque inféparable de la faveur, eft un poifon pénétrant
& fubtil, qui fe gliffe infenfiblement dans l'ame des Grands;
& ceux-mefmes qui n'eftoient

C

pas ambitieux dans une condition médiocre, deviennent
quelquefois insolens, lors qu'ils
se trouvent dans une plus grande élevation. Mais l'admirable
Julie ne se laissa point éblouïr
à l'éclat des dignitez du siécle.
Plus elle fut élevée, & plus
elle parut modeste. Elle con-
noissoit le fond de la vanité;
& pleine de ces réfléxions ju-
dicieuses, qui fortifient l'esprit
contre les fausses opinions du
monde : *Qu'est-ce que nous fai-*
sons, disoit-elle un jour ; *&*
qu'est-ce que nous prétendons avec
nostre orgueil ? Toutes nos Char-
ges tomberont bientost avec nous;
la mort confondra les cendres de
celles qui brillent à la Cour, &
de celles qui sont obscures dans la
retraite; & toute la difference ne

va qu'à quelques titres de plus ou de moins dans nos Epitaphes. Toute fon eftude eftoit d'employer utilement fon credit ; & l'on peut dire d'elle qu'ayant eû felon le monde des fujets, & fouvent des occafions favorables de fe reffentir des injufticcs qu'on luy avoit faites, elle a toûjours facrifié fes reffentimens, & n'a jamais voulu nuire, non pas mefme à ceux qu'elle pouvoit croire fes ennemis, ou pour mieux dire fes envieux.

Comment auroit-elle voulu nuire, elle dont le propre caractere eftoit d'eftre bienfaifante, & qui, pour me fervir des termes d'un célébre Romain, ne paroiffoit pas tant une Dame mortelle, qu'une Divi-

Valer. Max. lib. 4. c. 8.

C ij

nité favorable à tous les malheureux ? Elle fçavoit que ceux qui
ont accés auprés des Rois, doivent felon leur pouvoir, leur
prefenter les fupplications & les
larmes de leurs Sujets, comme
font ces Anges de paix, qui portent vers le trône de Dieu les
vœux des Juftes, & les encens
de leurs facrifices. Elle fçavoit
que les Grands font d'autant
plus les images de Dieu, qu'ils
ont plus de moyens de bien faire, & qu'ils ne femblent eftre
nez que pour exercer la charité. Elle fçavoit enfin qu'on a
befoin d'interceffion, & de faveur à la Cour, où les injures
font plus fréquentes que les
bienfaits, où l'on méprife ceux
que la fortune a abandonnez
où toute l'envie attaque le

puiſſans, & nulle pitié n'aſſiſte
les foibles, & où l'on croit faire
grace à des malheureux, quand
on n'acheve pas de les opprimer.

Elle aimoit mieux employer
ſon crédit pour les intereſts des
autres, que de le ménager pour
les ſiens propres. La crainte de
faire des ingrats, ou le déplaiſir d'en avoir trouvé, ne l'ont
jamais empeſchée de faire du
bien. Falloit-il appuyer une
prétention raiſonnable? faire
connoiſtre un mérite caché?
obtenir une grace douteuſe?
donner de bonnes impreſſions
d'une fidélité renduë ſuſpecte?
faire valoir un ſervice rendu?
adoucir une faute pardonna-
ble? donner un avis ſalutaire?
procurer un petit établiſſe-

ment ? Elle eſtoit toûjours preſ-
te à ſolliciter : ſemblable à ces
fleuves, qui roulant leurs flots a-
vec majeſté, arroſent des terres
ſteriles & ſéches ; & recueïllant
des eaux qui ſe perdroient dans
les campagnes, vont porter à
la mer leur tribut, & celuy des
ruiſſeaux dont ils ſont groſſis.

Sa maniere de faire du bien
eſtoit toûjours plus agréable
que le bienfait. Elle écoutoit,
ſans ſe rebuter, les importuns
meſmes ; & les graces accom-
pagnoient juſqu'à ſes refus. Sa
ſageſſe luy faiſoit choiſir les momens favorables pour demander ; & je dis d'elle ce que le
Sage a dit de la femme forte,
qu'il y avoit une loy de douceur qui conduiſoit ſa langue,
& un eſprit de prudence & de

difcernement qui regloit tou-
tes fes paroles : *Os fuum aperuit* *Prov. c. 51.*
fapientiæ, & lex clementiæ in lin-
gua ejus. Auffi lors que Dieu
l'a retirée de ce monde, où il
l'avoit renduë fi utile, & où fa
memoire eft en benediction ;
en un temps où chacun juge
de fon prochain avec liberté ,
où l'on fait le recueïl des bonnes & des mauvaifes qualitez
de ceux qui meurent, & où
chacun retraçant dans fon efprit les fujets qu'il a de s'en
loüër ou de s'en plaindre felon fes paffions, fait leur épi-
taphe à fa mode : que de regrets finceres ! que d'éloges non
fufpects ! que de témoignages
publics d'eftime & de reconnoiffance ! Ceux dont elle a pré-
fenté les vœux ou les plain-

C iiij

tes , offrent pour elle de tous
coftez les facrifices de leurs larmes ou de leurs prieres. Les familles qu'elle a affiftées, & qui
luy doivent le repos dont elles
joüiffent, luy fouhaitent inceffamment le repos éternel devant Dieu. Les villes les plus
nombreufes affemblent leurs
peuples, pour luy rendre pom-
peufement des devoirs funébres. Les provinces qu'elle a
autrefois édifiées par fa piété,
& par les aumofnes qu'elle y a
répanduës, retentiffent du bruit
de fes loüanges. Les preftres
offrent pour elle le Sacrifice de
Jesus-Christ fur les Au-
tels ; & les pauvres qu'elle a fe-
courus demandent à Dieu pour
elle la miféricorde qu'elle leur a
faite.

Auriez-vous penfé, M e s-
d a m e s, vous qui avez connu
les dangers du monde dés voftre enfance, & qui en avez
craint la corruption, qu'on en
puft faire un fi bon ufage, &
qu'on puft tirer les moyens de
fon falut de cét éclat & de
cette abondance, qui font fi
fouvent des occafions de malheur & de ruine pour les ames?
Ne croyez pas pourtant que
pour confoler, ou pour flater
voftre douleur, je veuïlle exagerer la vertu de celle que vous
pleurez, & la juftifier elle & le
monde tout enfemble. A Dieu
ne plaife que je cherche des
matieres d'éloge aux dépens
de la verité, & que par une
fauffe complaifance je tafche
d'accorder l'efprit du fiécle, &

C v

l'efprit de JESUS-CHRIST, contre les régles de l'Evangile !

Je fçay que fa vie a efté réglée : mais peut-elle avoir efté affez pure, affez dégagée, affez chreftienne ? Dieu l'a délivrée des grands déreglémens qui font prefque inféparables de la faveur & de la fortune : mais a-t-elle évité ces foibleffes attachées à la nature, ces defirs féculiers dont parle Saint Paul, ces confidérations humaines, ces intentions demi-bonnes demi-mauvaifes, ces molles condefcendances, cette inutilité de vie, ces affections tiédes pour fon falut ? A-t-elle efté exempte de ces defauts, qui font inévitables dans le monde, où la cupidité domine

fur les ames les plus definté-
reffées, où les efprits les plus
fermes font entraifnez par l'e-
xemple & par la couftume, où
fi l'on ne fe perd, au moins on
s'égare fouvent, & fi l'on ne
refufe fon cœur à Dieu, au
moins on le partage entre luy
& les créatures ?

Ainfi quelques vertus que nous
ayions remarquées, je craindrois
encore pour elle. Mais outre
qu'elle a paffé ces années dangereufes auprés d'une Reine
auffi illuftre par fa piété que
par fon rang & par fa naiffance, qui eft plus fouvent au pied
des Autels, que fur le trofne, &
de qui l'on peut apprendre des
vertus capables de fanctifier la
Cour mefme : je confidere
qu'elle a racheté fes péchez

par les aumofnes qu'elle a répanduës fecretement dans le
fein des pauvres, & qu'elle les
a expiez par une longue pénitence qu'elle a fouftenuë avec
beaucoup de force. C'eft la
troifiéme partie de ce difcours.

SI L'ILLUSTRE DUCHES-
SE, dont nous avons veû les
profpéritez, euft fini fes jours
dans les plaifirs & dans la joye
du fiecle ; fi toute éblouïe de
l'éclat de fa fortune, elle fuft
entrée dans l'horreur & dans
les ténébres du tombeau ; fi
fortant du Palais des Rois, elle
fe fuft trouvée devant le Tribunal de Dieu : je ne parlerois
de fa mort qu'en tremblant,
& je vous exciterois à la pleû-
rer, deuffiez-vous interrompre

le cours de cét éloge funébre
par vos soupirs & par vos larmes.

Je sçay bien que l'Eglise qui
connoist le prix & l'efficace du
Sang de JESUS-CHRIST, ne
desespere jamais du salut de
ceux qui meurent dans sa Foy,
& dans l'usage de ses Sacremens; que Dieu exerce quand
il veut ses Jugemens de mise-
ricorde sur ses Eleûs ; qu'il a
des graces vives & pénétran-
tes, qui consument en peu de
temps toute l'impureté que le
commerce des hommes & l'air
contagieux du monde laissent
dans les cœurs ; & qu'il y a de
précieux momens de charité ,
qui valent des années de penitence. Mais je sçay aussi qu'il
faut avoir souffert avec JESUS-

CHRIST, pour regner avec
JESUS-CHRIST; qu'il faut
se réconcilier avec Dieu par la
priere, par les larmes, par la
retraite, quand on a suivi le
monde son ennemi. Je sçay que
la penitence de ceux qui se laif-
sent surprendre à la mort doit
estre suspecte; que leur tristes-
se est souvent un regret de mourir plutost qu'une douleur d'a-
voir mal vescu; que leur abbatement vient de la foiblesse
de la nature, plûtost que du zele
de la charité; & que leurs soupirs sont plûtost des effets d'une
crainte humaine, que des fruits
d'une solide penitence.

Je rends graces à Nostre Seigneur JESUS-CHRIST, de
nous avoir delivré de ces craintes. Je parle avec confiance d'u-

ne mort chreftienne, préparée par des infirmitez fenfibles & humiliantes, par un retranchement des plaifirs & des confolations humaines, par une langueur affligeante, par une foumiffion entiere à la volonté de Dieu, & par une longue patience.

Les Saints Canons ordonnoient autrefois aux penitens d'eftre plufieurs années dans un eftat d'expiation, avant que d'eftre admis à la participation des facrez Myfteres. Ils fe facrifioient eux-mefmes, pour avoir part au Sacrifice de JESUS-CHRIST; ils demeuroient profternez aux portes des Temples facrez, avant que d'ofer approcher du Sanctuaire: trop heureux d'entrer dans la

joye du Seigneur par les larmes
& par les souffrances, & de
tascher d'appaiser sa justice,
avant que de joûïr de ses fa-
veurs. Ce que la discipline de
l'Eglise avoit établi, la Providence de Dieu l'a exécuté sur
vostre vertueuse sœur, MES-
DAMES. Il a rompu les liens
qui l'attachoient au monde,
pour l'attirer dans la céleste Je-
rusalem. Il l'a purifiée par l'e-
xercice de sa patience, afin
qu'elle fust digne d'entrer dans
sa gloire. Il l'a humiliée devant les hommes, pour l'élever
jusqu'à luy; & par trois ans de
penitence, il l'a disposée à joûïr
d'une éternelle félicité.

Vous representeray-je icy
ses infirmitez naissantes, ses
forces qui diminuënt tous les

jours, je ne sçay quel poids qui
l'accable insensiblement, une
foiblesse impréveüe qui l'arreste au milieu de ses grands
emplois? Vous diray-je qu'elle recueillit mille fois ce qui
luy restoit de force pour s'aquiter de ses devoirs ordinaires;
que son cœur ne se ressentit
jamais de l'abbatement de son
corps; que son zele la soustint
dans les defaillances de la nature; qu'elle sacrifia sa santé,
toute foible & toute usée qu'elle estoit, à l'honneur d'estre auprés d'une grande Reine; &
que de tous les maux qu'elle
souffrit, elle ne se plaignit jamais que de l'impuissance où
elle estoit de la servir? Laissons
ces circonstances, qui tiennent
encore un peu du monde, &

paſſons de ces vertus civiles aux vertus chreſtiennes qu'elle a pratiquées.

Sa retraite fut le commencement de ſa penitence : & la violence qu'elle ſe fit, en s'éloignant de la Cour, ou l'habitude, les honneurs, les graces, l'inclination meſme reſpectueuſe qu'elle avoit pour le Prince, la tenoient ſi étroitement liée ; cette violence, dis-je, fut le premier ſacrifice qu'elle offrit à Dieu. Qu'il eſt difficile de ſe réduire à la ſolitude, lors qu'on a veſcu long-temps dans la Cour des Rois ! Les yeux accouſtumez à voir la figure de ce monde qui paſſe, par les endroits les plus éclatans, ſont toûjours preſts à ſe fermer lors qu'ils ne trouvent rien qui fla-

te leur curiofité, ou leur convoitife. L'efprit rempli d'idées
magnifiques, qui fe plaift à fe
perdre dans fes vaftes penfées,
s'ennuye dés qu'il fe trouve ren-
fermé en luy-mefme, & refler-
ré en un petit nombre d'objets
languiffans qui ne le frapent
que foiblement. L'ame accouf-
tumée à eftre émûë par de grandes paffions qui l'agitent vi-
vement, n'eft plus touchée de
ces impreffions foibles & lége-
res qu'elle reçoit dans la retraite. De-là vient l'attachement qu'on a à cette vie, quoy-
que difficile & tumultueufe.
Ceux qui s'en plaignent tous les
jours le plus éloquemment, ne
laiffent pas enfin de s'y plaire. La
patience y eft fouftenuë par le
defir, & le defir par l'efpérance.

Faſcinatio
nugacitatis.
Sap. c. 4.

C'eſt cét enchantement dont
parle le Sage. Il s'y fait un engagement preſque involontai-
re. On y reconnoiſt ſa ſervitu-
de, & l'on n'y craint rien tant
que ſa liberté; & quelque peine qu'on ait à y eſtre, il eſt in-
ſupportable d'en eſtre éloigné.
Il n'appartient qu'à vous, mon
Dieu, de briſer les chaiſnes de
ces eſclaves, de rompre le charme qui les ébloûit, & de remplir de vos veritez adorables
des eſprits & des cœurs que le
monde que vous avez vaincu
occupe de ſes vanitez.

Voilà la grace qu'il a faite à
cette illuſtre morte que nous
pleurons. Il l'a conduite dans
la ſolitude, pour parler à ſon
cœur dans le ſecret & dans le
ſilence. Elle eſt ſortie de l'E-

gypte, & par des deferts fecs
& ftériles, elle a paffé dans cette terre heureufe, où coule le
lait & le miel. Elle a regardé
fes dernieres années, comme
des reftes d'une vie qu'elle a-
voit partagée, & qu'elle ne vouloit plus confacrer qu'à Dieu
feul. Cette imagination autrefois fi vive, ne luy reprefentoit
plus le monde qu'en éloignement. Cette mémoire qui avoit
efté fi prompte & fi prefente,
devint toute vuide des efpeces
& des images du fiecle : Dieu
voulant par un trifte, mais heureux abbatement, qu'elle ne
penfaft plus qu'à luy, qu'elle ne
fe fouvinft que de luy, qu'elle
ne fuft fenfible que pour luy.

Aprés cette féparation, accablée fous le poids de fes in-

firmitez , elle s'appliqua à les
ſouffrir chreſtiennement ; &
cette grandeur d'ame qui avoit
éclaté dans toutes les actions
de ſa vie, parut encore dans ſa
patience. Quelqu'un dira peut-
eſtre, qu'elle n'a pas reſſenti de
ces douleurs aiguës, qui font
qu'on regarde la mort comme
une conſolation, & la vie comme un ſupplice; que ſa croix a
eſté plus incommode que pe-
ſante ; & que cette langueur,
qui la conſumoit inſenſiblement, eſtoit plûtoſt une priva-
tion de plaiſirs, qu'une peine.
Il eſt vray qu'elle n'a pas ſouf-
fert de ces cruelles pointes de
douleur qui percent le corps,
qui dechirent l'ame, & qui é-
puiſent en un moment toute
la conſtance d'un malade. Dans

la défiance où elle eſtoit de
ſes propres forces , elle avoit
ſouvent demandé à Dieu qu'il
l'en delivraſt ; & il ſembloit
qu'il l'euſt exaucée. Mais ſi ſa
miſéricorde a adouci la rigueur
de ſa pénitence, ſa juſtice en
a augmenté la durée ; & il n'a
pas fallu moins de force à ſouf-
tenir cette longue épreuve, que
ſi elle avoit eſté plus courte &
plus rigoureuſe.

En effet, dans les maux vio-
lens , la nature ſe recueïlle
toute entiere; le cœur ſe munit
de toute ſa conſtance : on ſent
beaucoup moins à force de
trop ſentir ; & ſi l'on ſouffre
beaucoup, on a toûjours la conſolation d'eſperer qu'on ne ſouf-
frira pas long-temps. Mais les
maladies de langueur ſont d'au-

tant plus rudes, que l'on n'en
prévoit pas la fin. Il faut sup-
porter & les maux, & les re-
médes aussi fascheux que les
maux mesmes. La nature est
tous les jours plus accablée; les
forces diminuënt à tous momens, & la patience s'affoiblit
aussi-bien que celuy qui souf-
fre. C'est icy que nous pouvons
appliquer à nostre femme forte ce que Salomon a dit de la
sienne : *Accinxit fortitudine lum-*
bos suos ; qu'elle a ramassé toutes ses forces pour combatre
cette langueur ennemie, qui
luy ostoit incessamment quelque partie d'elle mesme, & qui
luy portoit tous les jours quelque trait mortel dans le sein.

    Une patience de trois ans a-
t-elle jamais esté plus égale?
               La

Prov. 31.

La douleur a-t-elle jamais tiré
de fa bouche, ou de fon cœur,
je ne dis pas une plainte amé-
re , une parole de murmure,
mais un feul mouvement d'impatience, une parole d'inquiétude ? A-t-elle trouvé fa pénitence trop longue , ou trop ri-
goureufe ! A-t-elle crû que fa
croix eftoit trop dure , ou trop
affligeante ? Ames faintes devant qui je parle , accouftu-
mées à porter le joug du Seigneur dés vos plus tendres années , élevées aux pieds des Autels à l'ombre de la Croix de
JESUS-CHRIST, confommées
dans l'exercice d'une pénitence
auftere, fouffrez-vous avec plus
de conftance & de foy les peines que Dieu vous envoye?
J'attefte vos cœurs & vos con-

D

fciences; confervez - vous plus
religieufement qu'elle la paix
intérieure dans vos folitudes?
Non, non; lors que la Providence de Dieu l'a féparée du
monde, elle a quitté les honneurs avec autant de générofité que vous en avez eû à les
fuyr. Sortant du Louvre elle a
pratiqué des vertus, que l'on
n'apprend, ce femble, que dans
les Cloiftres ; & aprés s'eftre
aquitée de tous fes devoirs à
la Cour, elle a fouffert, comme vous fouffrez dans vos Cel-
lules, fans murmurer, & fans
fe plaindre.

Que dis-je, MESDAMES,
fans fe plaindre ? Oublié-je ce
que j'ay veû, ce que j'ay oûi ?
Ces foupirs fortis du fond de
fon cœur, cette triftefle peinte

fur fon vifage, ces paroles mef-
lées de douleur & de crainte ?
Ne craignez rien qui faffe tort
à fa mémoire & à fa vertu.
Cette émotion, dont je vous
parle, n'eftoit pas une foibleffe
d'efprit ; c'eftoit un zéle de pénitence. Ce n'eftoit pas une
marque d'attachement à la vie ;
c'eftoit le regret d'avoir eû fujet
de s'y attacher. Elle craignoit
d'avoir efté trop heureufe, &
de ne fouffrir pas affez ; & rap-
pellant dans l'amertume de fon
ame ces années qu'elle avoit
paffées dans les honneurs &
dans la gloire, *Je ne me plains*
pas de mourir, difoit-elle, *je me*
plains d'avoir vefcu trop heureu-
fement. Les peines que le Ciel
m'envoye, ne font pas proportion-
nées aux profpéritez que j'en ay

D ij

receûës; & je ſouffre de ce que je
ne ſouffre pas aſſez. Et nous re-
chercherons aprés cela , pécheurs & mortels que nous
ſommes, une joye qui paſſe &
qui ne laiſſe que du regret! Et
nous prendrons pour objet de
noſtre ambition ces honneurs,
qui doivent eſtre un jour des
ſujets de triſteſſe & de crainte!
Et nous appellerons bonheur
de noſtre vie , ce qu'il faut
quitter, ce qu'il faut haïr, ce
qu'il faut expier à noſtre mort!

Pardonnez , Mesdames,
cét emportement. Ce que je
dis pour confondre les perſonnes du ſiecle, doit ſervir à vous
conſoler, & à vous faire comprendre que vous eſtes heureu-
ſes d'avoir renoncé vous meſmes aux grandeurs & aux proſ-

peritez mondaines : heureufes encore de ce que voftre illuf-tre Sœur , aprés en avoir eû tout l'éclat , en a reconnu tou-te la mifére. Oûi, elle a connu qu'il y avoit en elles je ne fçay quelle malignité qui les ren-doit fouvent criminelles, & toû-jours au moins dangereufes. Elle a crû qu'il falloit employer une partie de fa vie à pleurer celle où le monde avoit eû trop de part. Elle n'a plus pen-fé qu'à accomplir fon temps de penitence , & n'a pas mefme voulu fouhaiter d'eftre moins infirme.

Souffrir la maladie avec pa-tience ; eftre dans l'indifférence de la maladie ou de la fanté ; ne regreter pas fes profperitez paffées ; ne defirer pas mefme

d'eftre delivrée des langueurs
prefentes : cette fufpenfion de
defirs entre la vie & la mort,
& cette volonté foumife à celle de Dieu, ne font-ce pas des
caracteres d'une ame chreftienne ? Triftes, mais fidelles témoins de fes derniers fentimens, combien de fois vous
a-t-elle dit : *Je ne fais point de*
vœux pour ma fanté; j'en fais
qui font plus dignes de Dieu, qui
font plus importans pour moy. Je
luy demande qu'il me fauve, &
non pas qu'il me gueriffe? Qu'elle eftoit éloignée de la foibleffe ordinaire de ceux qui tombent dans les infirmitez! Ils fe
flatent inceffamment de l'efpérance de leur guérifon. Acca-
blez de douleur & d'ennuy, ils
employent toute la force qui

leur refte à faire des vœux pour
leur fanté. S'ils ne peuvent lever les mains ni les yeux au
Ciel, ils y adreffent leurs foupirs. Une partie d'eux - mefmes
eft déja morte, que l'autre defire de vivre. Lors mefme qu'ils
fouhaitent l'immortalité , ils
voudroient arrefter la mort qui
les y conduit ; & s'approchant
du Ciel où ils afpirent, ils regardent encore, prefque fans y
penfer, la terre qu'ils quitent :
tant le defir de vivre eft naturel à tous les hommes ; tant on
efpere ce qu'on defire.

Noftre généreufe malade s'eft
regardée comme une victime
deftinée au facrifice ; elle a veû
venir le coup fans demander
grace. Elle n'a pas fouhaité de
vivre , quoy-qu'elle euft vefcu

avec tant d'éclat , & tant de
douceur ; elle n'a pas ſouhaité
de mourir , quoy-que ſa vie
languiſſante luy fuſt à charge.
Abbatuë par ſes maux , & non
par ſes chagrins , elle n'avoit
que le deſir d'accomplir la volonté du Seigneur , deuſt-il pro-
longer ſes jours pour prolon-
ger ſes peines, deuſt-il augmen-
ter ſes douleurs pour conſom-
mer ſa pénitence.

La Providence de Dieu a
permis, MESDAMES, que vous
l'ayez veüe en cét eſtat. Ceux
qui admiroient ſa fermeté, per-
dirent la leur ; ceux qui la plai-
gnoient, paroiſſoient preſque les
ſeuls à plaindre. La pitié fut
plus cruelle que la douleur ; &
ceux qui voyoient le mal eſtoient plus triſtes & plus chan-

gez que celle mefme qui le
fouffroit. Je recueïllirois icy volontiers tous les fentimens tendres & généreux de fon illuftre Efpoux. Je vous renouvel-
lerois le fouvenir de cette affliction fi chreftienne, de ces
prieres fi touchantes, de ces
exhortations fi vives & fi pieufes, de cette trifteffe fi fage &
fi forte tout-enfemble, & de
cette charité fenfible, qui felon
les termes de l'Efpoufe des
Cantiques, fait fur nous les mefmes impreffions que la mort.
Mais faut-il vous attendrir par
la douleur de ceux qui vivent,
vous qui eftes déja fi touchées
de la perte que vous avez faite?

Eloignons encore un peu, fi
nous pouvons, ces idées funeftes de mort: ceffons de pen-

Fortis eft ut
mors dile-
ctio. *Cant.*
c. 8.

D v

fer à noftre Héroine, pour admirer la tendreffe & la pieté
de fon illuftre Fille. Nous l'a-
vons veûë deux ans entiers dans
toutes les fonctions de la charité. Tantoft elle employoit fes
pieufes mains au foulagement
de la malade ; tantoft elle les
levoit au Ciel pour demander
à Dieu fa fanté. Attachée auprés de fon lit, où elle facrifioit
toute fa joye, profternée aux
piés des Autels , où elle offroit
à Dieu toutes fes peines , elle fe
partageoit entre fes foins & fes
priéres , en un âge où les devoirs domeftiques paffent pour
contrainte , & où il femble
qu'on ne doive vivre que pour
foy ; en un fiecle où la difcipline des mœurs eft relafchée, où
les liens du fang & de la natu-

re ne ferrent prefque plus les
cœurs, & où il ne refte de l'ancienne piété qu'autant qu'il en
faut pour la bienféance. Que
Dieu & la Nature luy rendent
ce qu'elle a fait pour l'un &
pour l'autre, & luy donnent des
enfans qui fouftiennent la gloire de leur naiffance, & pour
dire encore plus, qui luy ref-
femblent, & qui ayent pour elle ces fentimens tendres & ref-
pectueux qu'elle a confervez
pour fon incomparable Mere
jufqu'à fa mort !

Mais, helas, je prononce fans
y penfer cette funefte parole !
& quelque digreffion que je
cherche, je reviens malgré-moy
à ce cruël fujet de mon difcours.
Retenons nos larmes : ce feroit faire tort à la mémoire de

cette femme forte, que de montrer de la foiblesse. Parlons de
sa mort, s'il se peut, aussi cons-
tamment qu'elle est morte.

Qui est celuy qui ne frémis-
se au seul nom de la mort ? qui
ne soit saisi d'horreur & de
crainte à la veûë de la mort
d'autruy, & à la simple pensée
de la sienne propre ? soit par une
prévention d'esprit, qui nous
fait regarder la fin de nostre vie
comme le plus grand de tous
nos malheurs ; soit par une providence de Dieu, qui veut que
l'homme ressente l'amertume
des maladies & de la mort, depuis qu'il a perdu par son pé-
ché le plaisir d'estre sain , &
d'estre immortel ; soit enfin, par
un juste, mais terrible jugement
de Dieu, qui laisse quelquefois

dans les frayeurs de la mort, ceux qui ont paſſé leur vie dans les plaiſirs & dans la molleſſe, & qui abandonne à leur crain-te & à leur douleur, ceux qui ſe ſont abandonnez à leurs de-ſirs & à leurs paſſions déré-glées. Alors on s'effraye à la veüë d'un Confeſſeur, comme s'il ne venoit que pour prononcer des Arreſts de mort. On éloigne les derniers Sacremens, comme ſi c'eſtoient des myſte-res de mauvais augure. On re-jette les vœux & les prieres que l'Egliſe a inſtituées pour les mourans, comme ſi c'eſtoient des vœux meurtriers & des prieres homicides. La Croix de Jesus-Christ, qui doit eſ-tre un ſujet de confiance, de-vient à ces eſprits laſches un

objet de terreur ; & pour toute
diſpoſition à la mort, ils n'ont
que l'appréhenſion, ou la peine de mourir. Quels funeſtes
égards ! quels meſnagemens criminels n'a-t-on pas pour eux !
Bien loin de leur faire voir leur
perte infaillible, à-peine les a-
vertit-on de leur danger ; & lors
meſme qu'ils ſont mourans, on
n'oſe preſque leur dire qu'ils
ſont mortels. Cruelle pitié, qui
les perd, de peur de les effrayer !
Crainte funeſte, qui les rend
inſenſibles à leur ſalut !

La mort de noſtre illuſtre Ducheſſe n'a pas eſté de ces morts
impréveûës ou diſſimulées. Elle l'a veûë pluſieurs fois dans
ſon plus terrible appareil, ſans
en eſtre émûë. Elle l'a ſentie
ſur elle-meſme, ſans s'étonner.

Cette langueur, ces abbate-
mens, ces diminutions, que Ter-
tullien appelle des portions de
la mort, ne la luy faifoient-ils
pas éprouver par avance ? Ces
recheûtes, ces agonies fréquentes ne luy fervoient-elles pas
comme d'apprentiffage à bien
mourir ? La main de Dieu qui
donne la vie & la mort, qui
conduit fur le bord du tombeau, & qui en retire, fembloit
l'immoler, & la faire revivre
plufieurs fois, pour la difpofer
à fon dernier facrifice. La de-
folation de fes domeftiques, les
entretiens & les avis pieux &
finceres de fon Directeur ; le
Corps & le Sang de J E S U S-
C H R I S T receûs plufieurs fois
comme Viatique ; la fainte On-
ction des mourans appliquée

deux fois en moins d'une année, n'eſtoient-ce pas des aver-
tiſſemens qu'il falloit ſe préparer
à la mort ? Ces derniers remé-
des que l'Egliſe employe pour
le ſalut des Fidelles, ne fai-
ſoient-ils pas voir l'extrémité
de ſa maladie ?

Le courage qu'elle témoi-
gnoit en ſouffrant, faiſoit qu'on
luy parloit hardiment de ſes
ſouffrances. Ceux-là meſmes
qui prenoient le plus de part à
ſa vie, oſoient luy annoncer ſa
mort. Cependant, viſtes-vous
changer ſon viſage ? Ses yeux
furent-ils jamais moins ſereins ?
Perdit-elle quelque choſe de
ſa tranquilité ordinaire ? Sa voix
fut-elle moins ferme juſqu'à la
fin ? Il eſt vray qu'elle n'en eût
que pour Dieu dans ſes der-

niers jours. L'interrogeoit-on
fur fes maux ? Luy faifoit-on
des queftions plus néceffaires
pour fon foulagement que pour
fon falut ? Elle eftoit muëtte,
elle eftoit infenfible. Luy par-
loit-on des difpofitions à la
mort ? Elle recueïlloit dans fon
fein tout ce qui luy reftoit de
force & de fentiment, pour rendre raifon des mouvemens de
fon ame ? & ne prenant plus
aucune part au monde, elle ne
parloit qu'à ceux à qui elle devoit répondre de fa réfignation
& de fa Foy.

Je n'aurois plus qu'à repren-
dre les paroles de mon texte,
& à finir par où j'ay commencé. Car que me refte-t-il à
vous dire, MESDAMES ? Vous
reprefenterois-je des exemples?

Voftre Profeffion vous engage
affez à une vie pénitente. Vous
marquerois - je la fragilité des
grandeurs & des plaifirs du fiecle ? Je vous ay déja dit que
vous y avez renoncé. Vous ex-
horterois - je à moderer voftre
douleur ? Vous n'eftes pas de
ces Ames payennes, qui n'ayant
point d'efpérance folide, n'ont
point aufli de véritable confolation. Je chercherois peut-eftre
dans les raifonnemens des Phi-
lofophes, & dans la perfuafion
de la fageffe humaine, ce qu'il
faut trouver dans les pures fources de la verité. Il faut que
JESUS-CHRIST vous parle
luy-mefme, comme il parloit
autrefois à deux Sœurs, illuf-
tres par leur pieté, par leur retraite, par les fonctions de la

charité qu'elles avoient exer-
cées, & par une affliction pa-
reille à la voftre. Il vous dira : *Joan. c. 11.*
Cette Sœur que vous pleurez
n'eft pas morte. Tous ceux qui
croyent & qui vivent en moy,
me mourront jamais. Vous l'a-
vez, ce femble, perduë ; au
moins vous l'avez pleurée. Cependant, elle eft vivante en
moy, qui fuis la réfurrection &
la vie. Ne le croyez-vous pas
ainfi ? Si je pénétre dans vos
fentimens ; fi j'entens bien la
voix de voftre cœur : il me femble que chacune de vous, ani-
mée d'une foy vive, & d'une
efpérance fincére, penfe ce que
penfoient ces Filles affligées &
foumifes, & qu'elle répond ce
qu'une d'elles répondit : Je le
crois, Seigneur, je le crois.

Pour vous, Chreſtiens, qui tenez encore au monde par vos paſſions, par vos deſirs, par vos eſpérances, rentrez en vous-meſmes ; reconnoiſſez les illuſions & les tromperies du monde ; que cette mort qui vous a touchez vous ſerve de diſpoſition à la voſtre. Pluſt à Dieu que cette illuſtre morte puſt encore vous exhorter elle-meſme ! Elle vous diroit : Ne pleurez pas ſur moy. Dieu m'a retirée par ſa grace des miſéres d'une vie mortelle. Pleurez ſur vous, qui vivez encore dans un ſiécle où l'on voit, où l'on ſouffre, & où l'on fait tous les jours beaucoup de mal. Apprenez en moy la fragilité des grandeurs humaines. Qu'on vous couronne de fleurs ; qu'on vous

compofe des guirlandes : ces
fleurs ne feront bonnes qu'à fé-
cher fur voftre tombeau. Que
voftre nom foit écrit dans tous
les ouvrages que la vanité de
l'efprit veut rendre immortels:
que je vous plains , s'il n'eft
pas écrit dans le livre de Vie !
Que les Rois de la Terre vous
honorent ; il vous importe feulement que Dieu vous reçoive
dans fes Tabernacles éternels !
Que toutes les langues des hommes vous loûént ; malheur à
vous , fi vous ne loûëz Dieu
dans le Ciel avec fes Anges ! Ne
perdez pas ces momens de vie,
qui peuvent vous valoir une é-
ternité bienheureufe. Trois ans
de langueur, trois ans de pénitence ne font pas donnez à tout
le monde. Profitons de ces inf-

tructions ; beniffons Dieu avec
elle, & tafchons de nous rendre dignes des graces qu'il luy
a faites, & de la gloire qu'il lùy
a donnée.

ORAISON FUNE'BRE

DE MADAME
MARIE DE WIGNEROD
DUCHESSE
D'AIGUILLON,

PAIR DE FRANCE.

PRONONCÉE EN L'EGLISE
des Carmelites de la rüe Chapon
le 12. jour d'Aouft 1675.

ORAISON

ORAISON FUNÉBRE

DE MADAME

LA DUCHESSE

D'AIGUILLON.

Reliquum eft..... ut qui. utun-
tur hoc mundo, tamquam non utan-
tur : præterit enim figura hujus
mundi.

L'importance eft d'ufer de ce mon-
de, comme fi l'on n'en ufoit pas ; car
la figure de ce monde paffe. Epift. 1.
aux Corinthiens, ch. 7.

QU'ATTENDEZ-VOUS de
moy, MESSIEURS, &
quel doit eftre aujourd'huy

E

mon miniftere ? Je ne viens ni déguiser les foiblesses, ni flater les grandeurs humaines, ni donner à de fausses vertus de fausses loûanges. Malheur à moy si j'interrompois les facrez myfteres pour faire un éloge profane, fi je meslois l'efprit du monde à une cérémonie de Religion, & fi j'attribuois à la force, ou à la prudence de la chair, ce qui n'eft deû qu'à la grace de JESUS-CHRIST. Je cherche à vous édifier plûtoft qu'à vous plaire. Je viens vous annoncer avec l'Apoftre que tout finit, afin de vous ramener à Dieu qui ne finit point ; & vous faire fouvenir de la fatale néceffité de mourir, pour vous infpirer une fainte réfolution de bien vivre.

Les triftes dépouïlles d'une illuftre Morte, les larmes de ceux qui la pleurent, des Autels reveftus de deuïl, un Preftre qui offre attentivement le Sacrifice que l'Eglife appelle terrible, un Prédicateur qui fur le fujet d'une feule mort va décrier la vanité de tous les mortels, tout cét appareil de funérailles vous a fans doute déja touchez. A la veüë de tant d'objets funébres la nature fe trouve faifie ; un air trifte & lugubre fe répand fur tous les vifages : foit horreur, foit compaffion, foit foibleffe, tous les cœurs fe fentent émeûs ; & chacun regretant la mort d'autruy, & tremblant pour la fienne propre, reconnoift que le monde n'a rien de folide, rien de durable , & que ce n'eſt qu'une figure , & une figure qui paſſe.

Oûi, MESSIEURS, les plus tendres amitiez finiſſent ; les honneurs ſont des titres ſpecieux que le temps efface ; les plaiſirs ſont des amuſemens qui ne laiſſent qu'un long & funeſte repentir ; les richeſſes nous ſont enlevées par la violence des hommes, ou nous échapent par leur propre fragilité; les grandeurs tombent d'elles-meſmes ; la gloire & la réputation ſe perdent enfin dans les abiſmes d'un éternel oubli. Ainſi le torrent du monde s'écoule, quelque ſoin qu'on prenne à le retenir. Tout eſt emporté par cette ſuite rapide de momens qui paſſent: & par ces révolutions continuelles nous arrivons, souvent sans y avoir pensé, à ce point fatal où le temps finit, & où l'éternité commence.

Heureuse donc l'Ame Chreftienne, qui suivant le précepte de JESUS-CHRIST, n'aime ni ce monde, ni tout ce qui le compose ; qui s'en sert comme de moyens par un usage fidelle, sans s'y attacher comme à sa fin par une passion déréglée ; qui sçait se réjoüir sans dissipation, s'attrister sans abbatement, desirer sans inquietude, aquerir sans injustice, posséder sans orgueïl, & perdre sans douleur ! Heureuse encore une fois l'Ame, qui s'élevant au dessus d'elle-mesme, & malgré le corps qui l'appesantit, re-

E iij

montant à son origine, passe au
travers des choses créées sans
s'y arrester, & va se perdre heu-
réusement dans le sein de son
Créateur !

J'ay fait, MESSIEURS, sans
y penser, sous le nom d'une
Ame Chrestienne, le portrait
de tres-Haute & tres-Puissante
Dame Madame MARIE DE
WIGNEROD Duchesse d'Ai-
guillon, Pair de France ; &
croyant vous donner seulement
une instruction, j'ay presque
achevé son éloge. Desabusée
des vanitez & des folies trompeuses du monde ; occupée à
distribuër ses richesses, sans se
mettre en peine d'en joüir ; pénétrée durant sa vie des tristes,
mais salutaires pensées de la
mort, par la miséricorde du

Seigneur, elle a fauvé fon cœur des attachemens groffiers , & des mauvais ufages du monde.

J'attefte icy la confcience des Grands de la terre, quel fruit recueïllent-ils de leur grandeur? Ils joûïffent du monde en y mettant leur affection, au lieu d'en profiter pour leur falut, en le méprifant ; ils en gouftent les plaifirs, & n'en veulent pas connoiftre les dangers ; ils font fervir à leur convoitife, les biens qu'ils ont receûs pour exercer leur charité ; ils livrent leurs cœurs aux vaines douceurs d'une vie molle & oifive. Ainfi, fuperbes dans leur élevation, avares dans leur abondance, malheureux dans le cours mefme de leurs profpéritez temporelles, ils errent de paffion en paffion, & deviennent, par un fecret jugement de Dieu, les joüets de la fortune, & de leur propre cupidité.

Graces à JESUS-CHRIST, il fe trouve des Ames fidelles qui ufent de la grandeur avec modération, des richeffes avec miféricorde, de la vie avec un généreux mépris; qui s'élevent à Dieu par la Foy, qui fe communiquent au prochain par la Charité, qui fe purifient elles-mefmes par la Pénitence. C'eft-là le caractére de celle dont nous pleurons aujourd'huy la mort, & dont nous honorons la mémoire. Elle n'a efté grande que pour fervir Dieu noblement, riche que pour affifter liberalement les pauvres de JESUS-CHRIST, vivante que

pour se disposer sérieusement
à bien mourir. Voilà tout le
sujet de ce discours. Seigneur
posez sur mes lévres cette garde de circonspection & de prudence, que vous demandoit autrefois le Roy Prophete, & ne Ps. 140.
permettez pas qu'il se glisse rien
de bas, ni rien de profane,
dans un éloge que je prononce devant vos Autels, & que
je ne dois fonder que sur vos
veritez Evangeliques.

Loin donc de cette Chaire,
cét Art qui loüe vainement les
hommes, par les actions de
leurs ancestres ; qui remonte à
des sources souvent inconnuës,
pour flater l'orgueïl des familles ambitieuses ; & qui s'arreste
à des Genéalogies sans fin, com- Epist. 1. ad
Tim. cap. 3.
me parle l'Apostre, plus pro-

E v

pres à satisfaire une vaine cu-
riosité, qu'à édifier une Foy solide. Vous sçavez, MESSIEURS,
& c'est assez, que la noble
Maison de Wignerod originai-
re d'Angleterre, établie en
France sous le Regne de Char-
les VII. s'est élevée au rang
qu'elle y tient, par une longue
succession de vertu, & a mérité
par de signalées victoires rem-
portées sur terre & sur mer, de
perpétuels accroissemens d'honneur & de gloire.

Vous sçavez que la Maison
du Plessis-Richelieu, aprés s'estre soustenuë durant plusieurs
siecles par elle-mesme, & par
ses glorieuses alliances avec des
Princes, des Rois, & des Empereurs, s'est enfin trouvée au
plus haut point de grandeur où

des perfonnes d'illuftre Naiffance puiffent atteindre. Que dois-
je dire aprés cela de noftre ver-
tueufe Ducheffe, finon qu'elle
a ennobli par fa pieté ces familles dont elle éft fortie, &
que réduifant l'honneur à fon
veritable principe, elle a reconnu que la naiffance glorieufe du
Chreftien eft celle qui le rend
enfant de Dieu; qu'il y a une
pureté de mœurs, plus eftimable que celle du fang, & une
nobleffe fpirituelle, qui confifte
à eftre conforme à l'image de
JÉSUS-CHRIST.

Ces fentimens furent gravez
dans fon efprit auffitoft qu'elle
en fut capable : & quand ne le
fut-elle pas ? La fageffe n'attendit pas en elle la maturité
de l'âge; elle eût de bonnes in-

E vj

clinations, elle conceût de bons
defirs, elle fit de bonnes œuvres prefque au mefme temps.
Les vertus fembloient luy eftre
infpirées avant qu'on les luy euft
apprifes, & fon heureux naturel ne laiffa prefque rien à faire
à l'éducation. Ainfi Dieu prévient quelquefois fes Eleûs de
benédictions avancées ; & par
des dons naturels, préparant
luy-mefme les voyes à la Grace
qu'il leur deftine, il porte leurs
volontez naiffantes au bien,
par des impreffions fecrétes de
fon amour & de fa crainte,
pour les conduire aux fins que
fa Providence leur a mar-
quées.

Cette jeune plante ainfi ar-
rofée des eaux du Ciel ne fut
pas long-temps fans porter du

fruit. On vit croiſtre en cette admirable fille tant de loûables habitudes auſſitoſt qu'on les eût veû naiſtre : cette pieté qui la fit recourir à Dieu dans tous ſes beſoins ; cette modeſtie qui la retint toûjours dans les loix d'une auſtére vertu , & d'une exacte bienſéance ; cette prudence qui luy fit diſcerner le vray d'avec le faux , le vil d'avec le précieux ; cette gran-deur d'ame qui la ſouſtint éga-lement dans la bonne & la mauvaiſe fortune ; cette ten-dreſſe & cette compaſſion qui la rendit ſenſible à toutes les miſeres connuës ; & cette atten-tion perpetuelle qu'elle eût à rendre aux uns tout ce qu'elle leur devoit , à faire aux autres tout le bien dont elle s'eſtimoit

capable. Ces vertus, qui font
les fruits de l'experience , &
d'une longue réfléxion dans les
perfonnes ordinaires , eftoient,
ce femble, le fond de l'efprit, &
du temperament de celle-cy.

Le premier ufage qu'elle fait
du monde, c'eft d'en connoiftre la vanité. Tout luy marque
d'abord la fragilité & l'inconstance des chofes humaines. El-
Françoife du le eft née d'une Mere qui peut
Pleffis-Riche- luy fervir d'exemple & de gui-
lieu. de dans la vóye du falut : une
mort précipitée la luy enléve.
On l'appelle à la Cour d'une
grande Reine, pour en eftre un
des principaux ornemens : un
coup imprévû de tempefte civile & domeftique , jette fur
Marie de des bord étrangers cette Prin-
Medicis. ceffe infortunée, qui l'honoroit

de sa bienveillance & de son estime. On luy choisit un Espoux tiré du sein de la faveur & de la fortune : & cét Espoux, dans une ardeur de gloire qui transporte les jeunes courages, trouve bientost une honorable, mais triste mort, sous les murailles d'une ville rebelle. Ne cherchons que dans le Ciel, la cause de ces funestes évenemens. C'est vous, mon Dieu, qui pour attirer à vous seul les desirs & les affections de cette ame choisie, rompiez ses liens aussitost qu'ils estoient formez ; & meslant à ces premieres douceurs des amertumes salutaires, l'accoustumiez à ne s'attacher qu'à vostre souveraine grandeur, & à vostre immuable verité.

Mais, pourquoy m'arrestay-

M. de Comba-let, neveu du Conestable, fut tué au siége de Montpellier.

je à ces circonftances ? Ne difons rien que d'important, &
paffons tout d'un coup au mépris qu'elle eût pour le monde,
lors qu'elle fe vit au milieu de
fes vanitez. Déja, pour l'honneur de fa Maifon, & plus encore pour celuy de la France,
eftoit entré dans l'adminiftra-
tion des affaires, un homme
plus grand par fon efprit & par
fes vertus, que par fes dignitez
& par fa fortune ; toûjours employé, & toûjours au deffus de
fes emplois ; capable de regler
le prefent, & de prévoir l'a-
venir ; d'affeûrer les bons évenemens, & de réparer les mauvais ; vafte dans fes deffeins,
pénétrant dans fes confeils, jufte dans fes choix, heureux dans
fes entreprifes, & pour tout di-

re en peu de mots, rempli de
ces dons excellens, que Dieu
fait à certaines ames qu'il a
créées pour eſtre maiſtreſſes des
autres, & pour faire mouvoir
ces reſſorts dont ſa Providence
ſe ſert pour élever, ou pour abbatre, ſelon ſes decrets éternels, la fortune des Rois & des
Royaumes.

Icy, MESSIEURS, vous pen-
ſez au Cardinal de Richelieu,
ſans que je le nomme. Recueïl-
lez en voſtre eſprit ce qu'il fit
pour ſon Maiſtre, ce que ſon
Maiſtre fit pour luy, les ſervices
qu'il rendit, & les graces qu'il
receût; & quoy-que le mé-
rite fuſt au deſſus des récompenſes, repreſentez-vous toutefois en luy ſeul tout ce que
l'Egliſe a de grand, tout ce que

le fiecle a de pompeux & de
magnifique, les biens, les honneurs, les dignitez, le credit,
les prééminences, & tout ce
qui fuit ordinairement la faveur
& la reconnoiffance d'un Roy
jufte & puiffant, lors qu'elles
tombent fur un Sujet capable,
fidelle, & neceffaire.

La grandeur de la Niéce eftoit liée à celle de l'Oncle. Que
fera-t-elle ? Tout flate fon ambition, d'autant plus dangereu-
fement, qu'elle eft fouftenuë par
la beauté, la douceur, la fageffe, & toutes les graces du
corps & de l'efprit, qui nour-
riffent l'orgueïl, & qui attirent
la vaine complaifance des hommes. Ne craignez pas, MES-
SIEURS: la Foy luy découvre
tous les pieges qui l'environ-

nent. Elle apperçoit au-travers de tant d'apparences trompeuses, le fond de la malignité du monde, & se prépare à le quitter. Vierges de JESUS-CHRIST devant qui je parle; s'il en reste encore parmi vous qui ayent porté la Croix depuis si long-temps, & vieilli saintement sous le joug de l'Evangile, vous l'avez veû, sinon vous l'avez appris, qu'avec des aisles de Colombe, elle vola sur le Carmel, pour y mener comme vous, au pied des Autels, une vie austere & pénitente, & pour cacher une gloire importune qui la suivoit, sous le mesme voile dont on l'a veûë couverte aprés sa mort.

La puissance & l'autorité s'opposerent à son dessein, & sa foi-

ble santé luy osta les moyens de
l'accomplir. Mais avec quel noble dépit reprit - elle alors les
chaisnes qu'elle croyoit avoir
quittées ? Combien de fois accu-
sa-t-elle de lâcheté son obéissan-
ce quoy-que forcée ? Combien
de fois se reprocha - t - elle la
délicatesse de sa complexion,
comme si c'eust esté sa faute, &
non pas celle de la nature ?
Combien de fois tourna-t-elle
ses tristes regards vers l'autel
d'où l'on venoit de l'arracher,
renfermant dans son cœur sa
vocation toute entiere, & se faisant au milieu d'elle - mesme
une solitude interieure & se-
crete, où le monde ne pust la
troubler ? Aveugle sagesse des
hommes, qui, sur des veûës
que donne la chair & le sang,

entreprenez d'interrompre le cours des œuvres de Dieu ! ou plûtoft, fage Providence de Dieu, qui par des routes inconnuës conduifez à l'exécution de vos deffeins, l'aveugle fageffe des hommes ! C'eftoit affez que la Victime fe prefentaft devant l'Autel. Son facrifice fut agréable, quoy-qu'il ne fuft pas accepté. Celuy qui fonde les cœurs, & qui voit nos volontez dans le fond de l'ame, fe contenta de ce defir, qu'il avoit luy-mefme infpiré, & ne permit pas qu'on laiffaft dans une étroite & fombre retraite, celle dont les exemples devoient eftre fi éclatans, & dont la charité devoit s'étendre jufques aux extrémitez de la terre.

Jugez par là, MESSIEURS,

de toute la suite de sa vie. Je
ne m'arresteray pas à vous décrire icy sa conduite si sage, &
si réguliere, en un âge où le
monde pardonne quelques em-
portemens de vanité, en un estat
où elle auroit pû soustenir par
autorité ce qu'elle auroit fait par
imprudence. Ne sortons point
du sens de mon texte, & ré-
duisons-nous à l'usage qu'elle
a fait du credit qu'elle eût dans
le monde.

Representez-vous donc un
grand Ministre, qui sert un
grand Roy, & qui l'assistant de
ses soins & de ses conseils, le
décharge du détail ennuyeux
des affaires publiques & particulieres. C'est luy qui reçoit les
vœux, qui écoute les plaintes,
qui examine les necessitez, qui

pefe les fervices, qui démefle les interefts, & qui pofant au pied du Trofne, comme un dépoft facré, les prieres & les efperances des Peuples, leur raporte enfuite ces oracles décidifs, qui déclarent l'intention du Prince, & font la deftinée des Sujets. Auffi, chacun le regarde comme un Médiateur, par qui fe diftribuënt les bienfaits & les récompenfes ; chacun court à luy comme au centre où aboutiffent toutes les lignes de la fortune. Mais, qui peut s'affeûrer de trouver les momens commodes & favorables d'un homme chargé de tant de foins, & de pénétrer jufqu'à ces cabinets prefque inacceffibles, dont les portes fatales ne s'ouvrent fouvent qu'aux

plus importuns ou aux plus heureux, fans le fecours de quelque main puiflante & charitable.

Ce fut en ces occafions que
noftre illuftre Ducheffe employa ce pouvoir que fon efprit
& fa fageffe luy avoient aquis.
Il ne fallut faire ni des pauvres, ni des malheureux, pour
remplir fon ambition, ou fon
avarice. Il fallut proteger des
foibles, & fecourir des miférables, pour fatisfaire fa charité. Elle ne retint pas les graces
qu'elle receût, & ne fut fi prés
de leur fource, que pour en
faire couler les ruiffeaux fur
ceux qui eûrent befoin de fa
protection. Sçavoit-elle une famille opprimée ? elle animoit
la juftice contre l'oppreffion.

Trouvoit-

Trouvoit-elle des gens-de-bien inconnus, ou negligez? elle leur procuroit des emplois felon leurs talens. Arrivoit-il des diffenfions & des difcordes? elle portoit des paroles de ré-conciliation & de paix. Appre-noit-elle les cris & les gémiffe-mens des Provinces, que le malheur des temps avoit affli-gées? elle leur obtenoit par fes avis fidelles, & par fes follici-tations ardentes, des foulage-mens & des affiftances confi-dérables.

Que diray-je davantage? Le Miniftre s'appliquoit aux affai-res d'Eftat, & luy laiffoit le mi-niftere de fes liberalitez & de fes aumofnes: & pendant que l'un formoit dans fon efprit les grands deffeins d'abbatre les

F

ennemis de la France, de for-
cer les élemens pour dompter
des rebelles, de s'ouvrir malgré les hivers, un paſſage dans
les Alpes pour aller ſecourir
des alliez , & préparoit ainſi
une longue & heureuſe matiere de triomphes ; l'autre ſon-
geoit aux moyens de ſouſtenir
des hoſpitaux chancelans , de
fonder des miſſions dans le
Royaume & hors du Royau-
me , de former de ſaintes ſo-
cietez pour diſpenſer les cha-
ritez des Fidelles , & préparoit la matiere de ces glorieux
établiſſemens qui feront les
monumens éternels de ſa piété.

Puiſſiez-vous profiter de cét
exemple , vous qui ne cherchez dans voſtre credit, que le

plaifir de vous fatisfaire , &
peut-eftre la facilité de nuire
aux autres impunément : vous
qui ne vivez que pour vous-
mefmes , & qui perdez non-
feulement la charité qui cou-
vre la multitude des péchez,
mais encore l'amitié, & l'affection humaine , qui eft le lien
de la fociété civile : vous enfin,
à qui les longues profpéritez
ont formé des entrailles cruel-
les , felon la parole de l'Ecri- *Vifcera im-*
ture , & qui bien-loin de fou- *piorum cru-*
delia.
lager des miférables , achevez *Prov. 12.*
d'opprimer ceux qui le font.
Pardonnez cét emportement,
MESSIEURS, à une jufte in-
dignation : je reviens à mon
fujet. Vous avez veû comment
une Ame prédeftinée ufe de la
grandeur & de la puiffance :

F ij

apprenez comment elle uſe des
richeſſes.

L'Esprit de Dieu ne par-
le preſque jamais des richeſſes,
que pour nous en donner de
l'horreur. Il les appelle des
treſors d'impieté, & les con-
fond ordinairement avec les crimes ; il leur attribuë un caractere de réprobation, qui paroiſt inévitable, & il en fait la
matiere de ſes plus ſéveres jugemens. Il avertit de les craindre ; il commande de les mé-
priſer ; il conſeille de s'en dé-
faire, tant parce qu'elles en-
durciſſent le cœur, & le dechirent par ces inquiétudes du ſiécle qui étouffent la ſemence de
la parole de Dieu, que parce
qu'elles entretiennent l'orgüeil,

l'ambition, la molleſſe, & tous les autres déréglemens de l'Ame.

Toutefois le meſme Eſprit de Dieu nous apprend que rien n'eſt impoſſible à la Grace ; qu'il y a un uſage de miſéricorde & de charité, qui ſanctifie les richeſſes ; qu'elles ſont utiles à l'homme ſage ; que c'eſt le moyen d'amaſſer un treſor de bonnes œuvres, qui ſe retrouvent dans le Ciel ; & que Dieu qui les diſtribuë avec une juſtice toute divine, les donne aux uns afin qu'elles ſoient le ſupplice de leurs paſſions, comme elles en ſont l'inſtrument, & les donne aux autres comme un moyen d'édifier l'Egliſe par leurs aumoſnes, & de ſe perfectionner eux-meſmes

par le mépris des biens du
monde.

S'il eſt donc vray que les richeſſes entrent dans les deſſeins
de la miſéricorde de Dieu ſur
des Ames nobles & deſinţereſ-
ſées ; renouvellez, MESSIEURS,
cette favorable attention dont
vous m'honorez. Je parle d'une
eſpece de charité vive , libéra-
le , univerſelle, qui ne ceſſe de
faire du bien , & ne croit jamais en faire aſſez; qui donne
beaucoup , & donne toûjours
avec joye; qui ne rejette aucune priere ; qui prévient ſouvent le deſir, & qui ne man-
que jamais au beſoin. Ce n'eſt
point là une idée de perfection que j'imagine ; c'eſt une
vérité que je fonde ſur les a-
ctions de celle dont nous cé-

lébrons aujourd'huy les obsé-
ques.

Je pourrois vous la représen-
ter dans ces triftes demeures
où fe retirent la mifere & la
pauvreté; où fe préfentent tant
d'images de morts & de maladies différentes, recuëillant les
foupirs des uns, animant les
autres à la patience, laiflant à
tous des fruits abondans de fa
piété. Je pourrois la décrire icy
dans ces lieux fombres & reti-
rez où la honte tient tant de
langueurs & de néceffitez cachées, verfant à propos des
bénédictions fecretes fur des
familles defefperées, qu'une
fainte curiofité luy faifoit découvrir pour les foulager. Je
voudrois vous marquer ce zele
avec lequel elle animoit les

Ames les plus tiedes à fecourir
le prochain dans le temps des
calamitez publiques , & rallu-
moit la charité en un fiecle ,
où elle eft non-feulement refroidie , mais prefque éteinte.
Ce feroit-là le fujet du pa-
negyrique d'un autre ; c'eft la
moindre partie du fien. Je ne
prens que fes vertus extraordinaires , & je choifis les fleurs
que je jette fur fon tombeau.

Je ne révéle pas mefme icy
tant de grandes actions qu'elle
a tafché de rendre fecrétes. Je
révére encore aprés fa mort
l'humilité qui les a cachées ; je
les laiffe fous les voiles qu'elle
avoit tirez pour les couvrir, &
je confens qu'elles foient perduës. Que dis-je , perduës !
Tout eft profitable aux Elûs ,

& la charité ne fait rien en vain. Elles font écrites pour l'éternité dans le livre de Vie; & Dieu qui en fut le principe, & le feul témoin, en eft luy-mefme la récompenfe. Publions donc les exemples de fa charité, & n'en fondons pas les mifteres.

Qui ne fçait, Messieurs, que l'établiffement d'un grand Hofpital dans cette Capitale du Royaume, qui renferme tant de grandeurs & tant de miferes tout enfemble, a efté un des plus grands ouvrages de ce fiecle? On en prévoyoit l'utilité, on en connoiffoit l'importance depuis long-temps. Perfonne ne difcernoit plus les pauvres de néceffité d'avec ceux de libertinage. On ne

F v

sçavoit en donnant l'aumosne,
si l'on soulageoit la misere, ou
si l'on entretenoit l'oisiveté. Les
plaintes & les murmures confus excitoient plûtost l'indi-
gnation que la pitié. On voyoit
des troupes errantes de mandians, sans religion, & sans difcipline, demander avec plus
d'obstination que d'humilité,
voler souvent ce qu'ils ne pouvoient obtenir, attirer les yeux
du public par des infirmitez
contrefaites, & venir jusqu'au
pied des autels troubler la dévotion des Fidelles par le recit
indiscret & importun de leurs
besoins ou de leurs souffrances.

On se contentoit de se plaindre de ces desordres, qu'on
croyoit non-seulement diffici-

le, mais encore impoſſible de corriger. Il falloit de la ſageſſe, pour diſpoſer les moyens ; de la fermeté, pour ſurmonter les obſtacles ; de grands biens, pour fournir les fonds ; une pieté encore plus grande, pour établir un ordre & une diſcipline ſalutaire parmi des hommes pour la pluſpart déreglez. Où ſe trouvoient ces qualitez qu'en la ſeule Ducheſſe d'Aiguillon ? Elle fut l'Ame de cette entrepriſe ; elle encouragea les uns ; elle ſollicita les autres ; elle donna l'exemple à tous. Elle joignit le zele des particuliers avec l'autorité des magiſtrats, & n'oublia rien de ce qu'elle crût neceſſaire pous achever ce qu'elle avoit heureuſement commencé.

F vj

Durez, fur le fondement folide des aumofnes Chreftiennes, vaftes baftimens de cette
fainte Maifon, où Dieu Créateur des pauvres & des riches
eft honoré par la patience des
uns, & par la charité des autres : durez, s'il fe peut, jufqu'à
la fin des fiécles, & foyez d'é-
ternels monumens des foins &
des liberalitez de voftre premiere Bienfaitrice.

Pendant qu'elle ouvroit une
main pour diftribuer fes biens
dans cette grande ville, elle
étendoit l'autre pour affifter des
provinces affligées. Rappellez
un moment en voftre mémoire la trifte idée des guerres
foit civiles, foit étrangéres, où
le Soldat recueïlle ce que le
Laboureur avoit femé, & con-

fume en peu de temps , non-
seulement les fruits d'une année, mais encore l'esperance de
plusieurs autres : où des familles effrayées fuyent devant
la face & l'épée de l'ennemi, &
croyant éviter la mort , tombent dans la faim & le desef-
poir , plus redoutables que la
mort mesme. Souvenez-vous
de ces années steriles, où , selon le langage du Prophéte, le
Ciel fut d'airain, & la Terre
de fer. Les meres mouroient
sans secours sous les yeux de
leurs enfans, les enfans entre
les bras de leurs meres , faute
de pain ; & les peuples dans la
campagne & dans les villes ne
vivoient plus qu'à la merci de
quelques riches souvent inte-
ressez, qui songeoient plus à

profiter des maux d'autruy, qu'à les foulager.

Pardonnez, MESSIEURS, fi je remets devant vos yeux tant de pitoyables objets. Je fuis réduit, en loûant une perfonne fi charitable, d'en reprefenter tant de malheureufes ; & pour vous raconter les differentes actions de mifericorde qu'elle a faites, il faudroit vous décrire icy toutes les miferes humaines. Que fit-elle donc dans ces rencontres preffantes ? ce que commande JESUS-CHRIST, ce qu'il confeille dans fon Evangile. Elle donna ce qu'elle avoit de fuperflu, elle vendit ce qu'elle poffédoit de précieux, elle fe retrancha de ce que d'autres auroient pris pour neceffaire. Vains prétextes de condition &

de bienséance, timides conseils de la Sagesse de la chair, vous n'eustes point icy de part. A l'exemple de ces généreux Chrestiens que loüe Saint Paul, elle assista les pauvres selon ses forces, au-delà mesme de ses forces. Elle devint avare pour elle-mesme, afin d'estre prodigue pour JESUS-CHRIST, & s'attira les benédictions que le Sage promet à ceux qui aiment à faire du bien, & qui distribuënt aux pauvres leur propre pain.

2. Cor. 8.

Proverb. c. 12.

Ce fut alors que sa charité, comme un fleuve sorti d'une source vive & abondante, & grossi de quelques ruisseaux étrangers, rompit ses bords, & s'épandit sur tant de terres arides. Parlons sans figure, MESSIEURS : ce fut alors qu'unis-

fant à fes aumofnes, celles qu'elle avoit follicitées & recueïl-
lies, elle fit couler dans ces
provinces defolées un fecours
de trois ou quatre cens mille
livres. Elle avoit appris dans
Tob. 4. l'Ecriture que ceux qui ont
beaucoup, font obligez de donner beaucoup, & que la mefure de leurs aumofnes doit eftre
celle de leurs richeffes. Elle
trouvoit honteux que l'avarice
n'euft point de bornes, que le
luxe fe répandift en fuperfluitez
infinies, & qu'il n'y euft que la
charité qui fuft mefnagere &
refferrée. Elle fçavoit enfin que
les biens des riches font un dépoft facré, qui doit eftre dif-
penfé avec une fidélité digne
de Dieu, felon l'expreffion de
Colof. 1. l'Apoftre, c'eft à dire, avec

une liberalité digne de fa grandeur & de fa magnificence divine.

Que diront aprés cét exemple ceux à qui tout eſt étranger
& indifferent hors d'eux-meſmes ; & qui comme enyvrez de
leur fortune, abandonnent les
autres à tous les accidens de
la leur ? Que diront ceux qui
s'épuiſent en folles dépenſes, &
ſe croyent dans l'impuiſſance
d'eſtre charitables, parce qu'ils
ſe ſont impoſé la neceſſité d'eſtre ambitieux, & d'eſtre ſu-
perbes ? Que diront ceux qui
voyent des Chreſtiens languiſ-
ſans & demi-morts, ſans les
ſecourir, & qui deviennent les
meurtriers de ceux dont ils de-
vroient eſtre les peres ? Qu'ils
confeſſent leur dureté, & qu'ils

loûënt au moins la générofité de
cette femme Chreftienne, s'ils
n'ont pas le courage de l'imiter.

Parcourray-je les fommes in-
croyables qu'elle a diftribuées
en divers temps, les fondations
qu'elles a faites en divers lieux?
Je lafferois voftre imagination
& ma mémoire, fi j'entrepre-
noisd'exprimer tous les travaux
& toutes les formes de cette
ingénieufe & infatigable charité. Je me contente de vous
dire que le zele de la Foy y
eût toûjours la meilleure part,
& que la converfion des cœurs
fut le motif, & le fruit ordinaire de fes aumofnes. Fonde-
t-elle des Hofpitaux ? elle y
joint des Miffions, afin que les
pauvres foient nourris, & foient
évangelifez tout enfemble. Af-

siste-t-elle dans un de nos Ports ces misérables Forçats, qui dans leurs prisons flotantes gémissent sous le travail de la rame, & sous l'inhumanité d'un Comite ? elle veut qu'on les instruise, & qu'on leur apprenne à faire d'un supplice forcé, une expiation volontaire de leurs crimes. Envoye-t-elle jusqu'en Affrique des Prestres, comme des Anges consolateurs, aux Chrestiens qui y sont esclaves ? c'est pour les affermir dans la Foy, pour leur inspirer le desir de la liberté des enfans de Dieu, & leur faire trouver la pesanteur de leurs péchez plus rude que celle de leurs chaisnes. Ainsi, il se fait par ses soins, en plusieurs endroits, une double distribution

& de la nourriture pour le corps,
& du pain de la parole de Dieu
pour l'ame.

Que ne puis-je vous découvrir ces nobles mouvemens de
son cœur, qui la portoient à tout
entreprendre, pour étendre le
Royaume de JESUS-CHRIST?
Combien de fois, déplorant l'aveuglement de tant de Peuples
qui vivent dans les tenébres, à
l'ombre de la mort, s'écria-t-
elle, dans la ferveur de son O-
raison, *Seigneur, que vostre Nom*
soit sanctifié parmi ces Nations in-
fidelles? Combien de fois porta-
t-elle son imagination & ses
desirs au-delà de tant de mers,
que la foiblesse ni la bienséance du sexe ne luy permettoient
pas de passer? Combien de fois,
jettant les yeux sur les vastes

ampagnes des Indiens & des Sauvages, & croyant y voir une moiſſon jauniſſante qui n'attendoit que la main des Ouvriers, pria-t-elle le Pere de famille l'y en envoyer?

Elle n'épargne rien, pour préparer les voyes à ces hommes Apoſtoliques, qui vont aquerir de nouveaux héritages à JESUS-CHRIST. Elle forme le deſſein d'un commerce tout ſpirituel. On équipe par ſes conſeils, & preſque à ſes dépens, un vaiſſeau, qui doit porter dans la Chine les richeſſes de l'Evangile. Le Ciel, la mer, les vents favoriſent d'abord cette entrepriſe. Mais Dieu, dont les Jugemens ſont impenétrables, rompt le cours de cette heureuſe navigation; & les flots

irritez font tout d'un coup é-
choûër avec le vaiſſeau, les eſperances qu'on avoit conceûës
du ſalut de tant d'ames égarées.

Quels furent alors les ſentimens de noſtre Ducheſſe ! Elle
oublia ſes intereſts, & ne penſa
qu'à ceux de Dieu. Elle fut touchée de ce malheur, mais elle
n'en fut pas abbatuë. *Je recon-*
nois, Seigneur, diſoit - elle, ce
que vous avez dit dans voſtre
Evangile, qu'aprés avoir travaillé
ſelon nos forces, nous ſommes en-
core des ſerviteurs inutiles. Vous
ſçavez mieux que nous en quoy
conſiſte voſtre gloire ; toute la noſ-
tre eſt d'eſtre ſoumis à vos volon-
tez. C'eſtoit voſtre œuvre, vous
l'accomplirez quand le temps &
les momens que vous avez mar-

quez pour cela feront arrivez.
Nous avons effayé d'envoyer par
mer des Ouvriers à voſtre Vigne :
vous nous avez fermé ce chemin,
vous pouvez nous en ouvrir d'autres ; & lors meſme que nous ado-
rons la ſevérité de vos Jugemens,
nous eſperons en voſtre miſeri-
corde.

En effet, elle eſpera, comme
Abraham, contre toute eſpérance ; les eaux de la mer n'é-
teignirent pas l'ardeur de ſa charité. Elle redoubla ſon zele ; &
Dieu, aprés avoir éprouvé ſa
foy, récompenſa ſa ſoumiſſion
par des ſuccés qui ſurpaſſerent
ſon attente.

Je me ſens comme tranſpor-
té au milieu de ces Egliſes naiſ-
ſantes de l'Orient. J'y voy lever la lumiere de la verité. Icy

les premiers rayons de la Foy
commencent à diffiper l'obfcurité de l'erreur, & forment des
Catecumenes. Là coulent fur
des teftes humiliées les eaux fa-
lutaires du Baptefme. Icy des
ames tendres font nourries de
lait, jufqu'à ce qu'elles foient
capables d'enfeignemens plus
folides. Là fe forme le courage
d'un martyr par des épreuves
réïterées de patience. En cét
endroit on plante une croix ;
en l'autre on dreffe un autel.
Il me femble que je voy des
Preftres, des Evefques, ou pour
mieux dire, des Apoftres courir par tout felon les befoins ;
& noftre charitable Ducheffe,
de fon palais comme du centre de la charité, envoyer les fecours & les rafraifchiffemens
                        néceffaires

neceffaires pour entretenir, &
pour avancer ce grand ouvrage.

N'ay-je donc pas fujet de
croire que Dieu luy a fait la
miféricorde qu'elle fit aux autres, que les pauvres aprés fa
mort l'ont receûë dans les Tabernacles éternels, & qu'elle
joûït de Dieu pour jamais? Que
s'il reftoit encore en cette ame
quelque tache qui euft befoin
d'eftre purifiée : car, MES-
SIEURS, je ne viens pas icy
juftifier la créature devant fon
Créateur; je trahirois l'humilité de l'une, j'offenferois la vérité de l'autre. Je fçay que tout
homme eft pécheur; qu'il y a
une mefure de Juftice, au-delà
de laquelle la condition mortelle ne va point; que les gens-

G

de-bien mefmes tombent dans
des infidelitez inévitables , &
ne font parfaits qu'imparfaite-
ment. S'il reftoit, dis-je, encore quelque tache , puifle-t-elle
eftre expiée par le Sang de
JESUS-CHRIST. Que ces nouveaux fidelles des mondes bar-
bares , au premier bruit de la
mort de leur bienfaitrice, préfentent au Souverain Juge tant
d'aumofnes qu'elle leur a faites. Qu'ils luy adreffent pour
elle ces prieres qui ont encore
toute leur ferveur , & que le
temps & le relafchement n'ont
pas encore refroidies. Qu'on
loûë fa charité dans leurs af-
femblées. Que chaque Martyr
qui y verfe fon fang , en offre
une portion pour elle ; & qu'on
célébre autant de fois le Saint

Sacrifice, qu'on a baſti de Cha-
pelles, & dreſſé d'Autels à ſes
dépens. Vous eſtes ſans doute
perſuadez, Messieurs, du
bon uſage qu'elle a fait de la
grandeur & des richeſſes : que
me reſte-t-il qu'à vous montrer en peu de mots comment
elle a uſé de ſa vie, pour arriver à une bienheureuſe mort ?

Un des plus importans &
des plus utiles conſeils que Dieu
donne dans l'Ecriture, & vous
ſçavez, Messieurs, qu'il
n'appartient proprement qu'à
Dieu de conſeiller, parce que
tout ce qu'il penſe eſt ſageſſe,
tout ce qu'il dit eſt vérité : un
donc des plus utiles conſeils
que Dieu donne aux hommes,
c'eſt de penſer ſouvent à leur

Meum eſt consilium. Prov. 8.

G ij

derniere heure, & de régler
toute leur vie ſur le moment
qui la doit finir, afin de ſe dé-
tacher par religion, de ce qu'ils
doivent quitter par neceſſité,
& de pourvoir durant le peu
de temps qu'ils ſont en ce monde, à ce qu'ils doivent eſtre
éternellement. Ce fut cette pen-
ſée qui remplit l'eſprit de noſtre Ducheſſe, & la porta à re-
connoiſtre ſon neant, à s'hu-
milier dans la veûë de ſes péchez, à s'attacher à Dieu ſeul,
à craindre ſes jugemens, à s'a-
bandonner à ſa providence, à
eſpérer en ſes miſéricordes,
Voilà la diſpoſition générale
de ſon cœur ; voilà la ſource
feconde de tant d'œuvres de
juſtice & de charité qu'elle a
pratiquées ; en un mot, voilà

des préparations à bien mourir.

Elle se retira de la Cour dés
qu'elle eût la liberté d'en sortir : sa pénitence ne fut ni tar-
dive , ni forcée ; elle vint de la
ferveur de la charité, & non
pas de la foiblesse de l'âge. Au
milieu de ses beaux jours, &
loin du tombeau , elle commença ce sacrifice d'elle-mesme, qu'elle ne vient que d'a-
chever; & mourut longuement
à ses passions , avant que de
perdre la vie du corps. O vous,
qui ne regardez le Ciel , qu'a-
prés que le monde a cessé de
vous regarder , & qui ne donnez au soin de vostre salut que
ces vieux jours , qui , malgré
vous , ne font plus propres à
la vanité! Femmes mondaines,

qui dans une retraite de bienféance, couvrant les reftes de
vos paffions d'un voile de dévotion extérieure, ne mettez
entre vos péchez & voftre
mort, que l'intervalle de quelques foupirs arrachez par la
crainte des jugemens pro-
chains, & ne cherchez Dieu,
que lors qu'il eft preft à vous
donner le coup de la mort, felon l'expreffion de l'Ecriture;
tremblez devant luy, & priez-
le qu'il renforce autant voftre
foy, & voftre charité, que vous
avez negligé voftre pénitence.

Nous n'avons pas ces fujets
de crainte, MESSIEURS : je
parle d'une ame pénitente, qui
a veû de loin le jour du Seigneur, & qui s'y eft préparée
par la folitude & par la prie-

Cùm occide-
ret eos, quæ-
rebant eum.
Pfa m. 77.

re. Je voy ces Autels où fuma
ſi ſouvent l'encens de ſes orai-
ſons, où furent conſacrées tant
de dépoüilles qu'elle rempor-
ta ſur le monde, où ſe ralluma
ſa ferveur toutes les fois que le
commerce du ſiecle l'avoit tant
ſoit peu rallentie. Je voy au
travers de ces grilles ce Chœur
où elle a tant de fois chanté les
Cantiques de Sion ; ces Ora-
toires, où elle a pleuré ſes péchez, & paſſé tant de jours &
de nuits dans la contemplation
des choſes celeſtes ; ce Cloiſtre
où elle a répandu l'odeur de
tant de vertus, qui y ſont encore comme vivantes ; & pour
recueillir tout enſemble, ce
Monaſtere qu'elle a ſouſtenu par ſes liberalitez, qu'elle
a frequenté par ſes retraites,

G iiij

qu'elle a édifié par ſes exemples.

Epouſes de JESUS-CHRIST
qui m'entendez , interrompez
icy mon diſcours, ſi vous y dé-
couvrez des loûanges exceſſi-
ves , & laiſſez - vous emporter
au zele de la vérité. Vous connoiſſiez ſans doute le cœur de
voſtre ſeconde Fondatrice, j'ay
preſque dit de voſtre Sœur; car
elle fut pour vous l'un & l'autre , & la grace joignit en elle
la grandeur d'une Ducheſſe,
& l'humilité d'une Religieuſe.
Vous connoiſſiez la pureté de
ſes intentions , l'ardeur de ſon
zele , la grandeur de ſon courage , l'étenduë de ſa charité ; & vous en gardez dans
le fond de l'ame un portrait,
que tous les traits de l'élo-

quence ne pourront jamais é-
galer.

En effet, Messieurs, qui
pourroit dire avec quel dégouſt
elle poſſeda tous les biens que
le monde eſtime ; avec quelle
ſoumiſſion elle ploya ſa volonté , dés que celle de Dieu luy
fut connuë ; avec quelle fidélité elle meſnagea les occaſions
de travailler à ſon ſalut & à
celuy des autres ; avec quelle
conſtance elle ſupporta les pertes, les afflictions , & les diſ-
graces , compagnes inſépara-
bles des grandes fortunes ? Je
m'arreſte à ces dernieres paroles ; & pourquoy perdrois-je
icy l'occaſion de vous montrer
le néant des grandeurs humaines ?

Conſiderez la condition d'un

G v

homme qui a la meilleure part
à la faveur & à la conduite des
affaires, quelque fage & quelque abfolu qu'il puifle eftre.
Que d'agitation ! Que de tra-
verfes ! Ceux qui l'admirent,
voudroient eftre en fa place ;
ceux qui le craignent, voudroient l'en tirer. Ses vertus font
des envieux ; fes bienfaits mefmes font des ingrats. Si l'on ne
peut ruiner fon pouvoir, on attaque au moins fa réputation.
Ceux qu'il punit fe plaignent
qu'il les perfecute : ceux qui ne
font que malheureux, croyent
eftre opprimez. On leur impu-
te les mauvais fuccés ; & de
tous les malheurs publics, on
cherche à leur faire des crimes
particuliers. De-là viennent les
murmures, les plaintes, les ca-

lomnies, les conſpirations, &
les cabales. Ainſi Dieu tempe-
re les proſperitez des hommes
puiſſans, par des peines preſque inévitables, & les abandonne aux traits envenimez de
l'envie, de-peur qu'ils ne s'a-
bandonnent eux-meſmes à l'ambition & à l'orgueïl.

Leurs amis & leurs proches
ſe trouvent envelopez dans les
meſmes peines ; & ce fut en
ces rencontres que noſtre Fem-
me-forte ſe ſervit de tout ſon
courage. Elle pardonna, lors
meſme qu'il luy eſtoit facile de
ſe venger. Elle laſſa l'injuſtice
par ſa patience. Elle ſouſtint
avec humilité & avec douceur
les plus rudes tribulations de la
vie ; & toûjours égale, toûjours
magnanime, elle entretint la

G vj

paix dans ſon cœur avec ceux
qui luy déclarerent la guerre.
Son Ame s'exerçoit par ces vertus, pour arriver à la perfection
où Dieu l'appelloit ; & ce bon
uſage des biens & des maux qui
la détachoit inſenſiblement de
la vie , la conduiſoit au repos
d'une heureuſe mort.

D'une heureuſe mort ! Me
voicy donc au triſte endroit de
ce diſcours , qui va renouveller voſtre douleur. Quoy donc,
tant de treſors n'eſtoient renfermez que dans un vaſe d'ar-
gile ; & tout ce que j'ay dit
qu'elle fut , n'aboutira qu'à dire qu'elle n'eſt plus ! Oüi, Messieurs : mais ne laiſſons pas,
en la perdant, d'adorer la main
qui nous l'enleve ; & recueïllons
les reſtes précieux d'une vie qui

ne fut jamais plus édifiante, que lors que Dieu voulut qu'elle finit. Telle eſt l'heureuſe condition des Juſtes. Ils ſentent aux approches de la mort, un redoublement d'ardeur & de force. L'ame ſe reſſerre en elle-meſme, & croit voir à chaque moment les portes de l'Eternité s'entr'ouvrir pour elle. Les nuages que forment les paſſions ſe diſſipent, & les voiles qui couvrent la verité ſe levent inſenſiblement. Les deſirs s'enflament à meſure qu'ils avancent vers la joûiſſance du ſouverain bien, & la charité ſe conſomme par ces derniers mouvemens de la Grace qui va ſe perdre dans les abiſmes de la Gloire.

Ce furent-là, Messieurs,

les difpofitions interieures de
cette Femme héroïque, ou plûtoft ce furent les derniers efforts que la Grace de JESUS-
CHRIST fit en elle. Dieu, qui
difpenfe les biens & les maux
felon les forces ou les foibleffes des hommes, éprouva par
de longues infirmitez fa réfignation & fa patience : mais quelque pefante que fuft fa croix,
elle la porta, & n'en fut pas
accablée. On la vit fouffrir,
mais on ne l'oüit pas fe plaindre. Elle fit des vœux pour fon
falut, & n'en fit point pour fa
fanté. Prefte à vivre pour achever fa pénitence, prefte à mourir pour confommer fon facrifice, foupirant aprés le repos
de la patrie, fupportant patiemment les peines de fon exil ;

entre la douleur & la joye, entre la possession & l'esperance, se réservant toute entiere à son Créateur, elle attendit tout ce qui pouvoit arriver, & ne souhaita que ce que Dieu voudroit faire d'elle.

Mais lors qu'elle sentit la mort dans son sein, quelle fut sa ferveur & son zele ? Autant de mots, autant de sentimens de piété ! Autant de soupirs, autant de transports de penitence ! Elle se jette aux pieds de son Juge, & s'accuse comme coupable : elle se prosterne devant son Sauveur, & luy demande grace. Vous le sçavez, fidelles témoins de ses derniers sentimens. Ce fut alors que les images detoutes ses actions passées revinrent dans son esprit,

pour y eſtre examinées dans
l'amertume de ſon cœur, ſelon
les regles les plus ſéveres de la
verité & de la juſtice. Ce fut
alors qu'elle épancha ſon ame
devant Dieu, avant qu'elle pa-
ruſt devant ſon redoutable Tribunal. Ce fut alors que dégagée de toute affection mondai-
ne, elle employa un reſte de
force qui la ſouſtenoit, pour
tourner ſur JESUS-CHRIST
crucifié, ces yeux qu'elle avoit
déja fermez pour le monde. Ce
fut alors que dans les exercices
de la plus vive foy, de la plus
ferme eſpérance, de la plus ar-
dente charité, de la plus humble pénitence, entre des paroles touchantes & un ſilence é-
ternel, elle remit ſon ame entre les mains de celuy qui l'a-

voit créée. Moment fatal pour tant de pauvres dont elle estoit la mére & la protectrice ! Moment heureux pour elle, qui entroit en possession de l'Eternité ! Moment triste, mais utile pour nous, si nous apprenons à vivre & à mourir comme elle !

Helas, nous vivons sans réflexion ! A nous voir pousser nos desirs si loin, & faire ces longs projets de fortune que nous faisons, qui ne diroit que nous croyons estre immortels ? Cependant ce petit nombre de jours malheureux qui compose la durée de nostre vie, s'écoule insensiblement. Chaque instant nous retranche une partie de nous-mesmes. Nous arrivons au terme qui nous est mar-

qué ; le charme fe rompt, &
tout ce qui nous enchante s'é-
vanoûit avec nous. La verité
pourroit nous faire connoiftre
la fragilité des biens du monde , par la fragilité de noftre
vie qui les termine ; mais l'a-
mour propre nous fait voir cette vie fans bornes, de peur d'en
donner aux chofes que nous
aimons. Ainfi noftre imagination & noftre vanité vont plus
loin que nous. Nous n'avons
jamais qu'un moment à vivre,
& nous avons toûjours des efpérances pour plufieurs années.
Revenons , revenons aux paroles de mon texte; penfons que
la figure de ce monde paffe. Ne
pleurons plus la perte de celle
qui en a fait un fi bon ufage.
Imitons feulement fes exem-

ples , afin que nous puiſſions comme elle , vivre & mourir en JESUS-CHRIST, qui vit & regne au ſiecle des ſiecles.

ORAISON FUNE'BRE

DE TRES-HAUT

ET TRES-PUISSANT PRINCE

HENRI

DE LA TOUR D'AUVERGNE,

VICOMTE DE TURENNE

MARE'CHAL GE'NERAL

des Camps & Armées du Roy, Colonel
Général de la Cavalerie Légére , Gou-
verneur du haut & bas Limoſin.

PRONONCE'E A PARIS
dans l'Egliſe de Saint Euſtache le 10.
jour de Janvier 1676.

ORAISON FUNÉBRE

DE MONSIEUR

DE TURENNE.

Fleverunt eum omnis populus Ifraël planctu magno , & lugebant
dies multos , & dixerunt : Quomo-
do cecidit potens , qui falvum fa-
ciebat populum Ifraël ? *1. Mach. c. 9.*

Tout le peuple le pleura amèrement ;
& aprés avoir pleuré durant plufieurs
jours , ils s'écrierent : Comment eft
mort cét homme puiffant , qui fauvoit
le peuple d'Ifraël ?

JE ne puis, MESSIEURS,
vous donner d'abord une plus
haute idée du trifte fujet dont

je viens vous entretenir , qu'en
recueïllant ces termes nobles &
expreffifs, dont l'Ecriture Sainte fe fert pour loûër la vie , &

1. Mach. c. 3.
4. 5. &c.

pour déplorer la mort du fage &
vaillant Macabée. Cét homme,
qui portoit la gloire de fa nation jufqu'aux extrémitez de la
terre ; qui couvroit fon camp
du bouclier , & forçoit celuy
des ennemis avec l'épée ; qui
donnoit à des Rois liguez contre luy, des déplaifirs mortels,
& réjoûïffoit Jacob par fes vertus & par fes exploits, dont la
mémoire doit eftre éternelle :

Cét homme qui défendoit
les villes de Juda, qui domptoit
l'orgueïl des enfans d'Ammon
& d'Efaü, qui revenoit chargé
des dépouïlles de Samarie, a-
prés avoir bruflé fur leurs propres

pres Autels les Dieux des Nations étrangeres ; cét homme
que Dieu avoit mis autour d'Israël , comme un mur d'airain,
où se briserent tant de fois toutes les forces de l'Asie , & qui,
aprés avoir défait de nombreu-
ses armées , déconcerté les plus
fiers & les plus habiles Géné-
raux des Rois de Sirie , venoit
tous les ans, comme le moindre
des Israëlites , réparer avec ses
mains triomphantes les ruines
du Sanctuaire , & ne vouloit
autre récompense des services
qu'il rendoit à sa Patrie , que
l'honneur de l'avoir servie :

Ce vaillant homme poussant
enfin , avec un courage invin-
cible , les ennemis qu'il avoit
réduits à une fuite honteuse,
receût le coup mortel , & de-

H

meura comme enfeveli dans
fon triomphe. Au premier bruit
de ce funefte accident , toutes
les villes de Judée furent é-
meûës ; des ruiffeaux de larmes
coulerent des yeux de tous leurs
habitans. Ils furent quelque
temps faifis, muëts, immobi-
les. Un effort de douleur rom-
pant enfin ce long & morne fi-
lence , d'une voix entrecoupée
de fanglots, que formoient dans
leurs cœurs la triftefle, la pitié,
la crainte, ils s'écrierent : *Com-*
ment eft mort cét homme puiffant,
qui fauvoit le Peuple d'Ifraël ? A
ces cris, Jerufalem redoubla
fes pleurs ; les voûtes du Tem-
ple s'ébranlerent ; le Jourdain
fe troubla, & tous fes rivages
retentirent du fon de ces lugubres paroles : *Comment eft mort*

cét homme puissant, qui sauvoit le
Peuple d'Israël ?

Chrestiens, qu'une triste cérémonie assemble en ce lieu,
ne rappellez-vous pas en vostre
mémoire ce que vous avez
veû, ce que vous avez senti il
y a cinq mois? ne vous recon-
noissez-vous pas dans l'affliction
que j'ay décrite? & ne mettez-
vous pas dans vostre esprit, à
la place du Héros dont parle
l'Ecriture, celuy dont je viens
vous parler? La vertu, & le
malheur de l'un & de l'autre
sont semblables; & il ne man-
que aujourd'huy à ce dernier,
qu'un éloge digne de luy. O si
l'Esprit divin, Esprit de force
& de vérité avoit enrichi mon
discours de ces images vives &
naturelles, qui representent la

H ij

vertu, & qui la perfuadent tout
enfemble : de combien de nobles idées remplirois-je vos
efprits , & quelle impreffion
feroit fur vos cœurs le recit de
tant d'actions édifiantes & glorieufes !

Quelle matiere fut jamais
plus difpofée à recevoir tous
les ornemens d'une grave &
folide éloquence , que la vie
& la mort de tres-haut & tres-
puiffant Prince HENRI DE
LA TOUR-D'AUVERGNE,
VICOMTE DE TURENNE,
Maréchal Général des Camps
& Armées du Roy, & Colo-
nel Général de la Cavalerie
Légére? Où brillent avec plus
d'éclat les effets glorieux de la
vertu militaire, conduites d'armées, fiéges de places , prifes

de villes, paſſages de rivieres, attaques hardies, retraites honorables, campemens bien ordonnez , combats ſouſtenus, batailles gagnées, ennemis vaincus par la force, diſſipez par l'adreſſe , laſſez & conſumez par une ſage & noble patience ? Où peut-on trouver tant & de ſi puiſſans exemples, que dans les actions d'un Homme ſage , modeſte , libéral, deſintereſſé , devoûé au ſervice du Prince & de la Patrie , grand dans l'adverſité par ſon courage , dans la proſpérité par ſa modeſtie , dans les difficultez par ſa prudence , dans les périls par ſa valeur, dans la Religion par ſa piété ?

Quel ſujet peut inſpirer des ſentimens plus juſtes , & plus

H iij

touchans, qu'une mort foudai-
ne & furprenante, qui a fuf-
pendu le cours de nos victoires, & rompu les plus douces
efpérances de la paix? Puiffan-
ces ennemies de la France,
vous vivez, & l'efprit de la
charité chreftienne m'interdit
de faire aucun fouhait pour
voftre mort. Puiffiez-vous feulement reconnoiftre la juftice
de nos armes, recevoir la paix,
que malgré vos pertes vous
avez tant de fois refufée, &
dans l'abondance de vos larmes éteindre les feux d'une
guerre que vous avez malheu-
reufement allumée! A Dieu ne
plaife que je porte mes fou-
haits plus loin! les jugemens
de Dieu font impénétrables.
Mais vous vivez, & je plains en

cette chaire un sage & vertueux Capitaine, dont les intentions estoient pures, & dont la
vertu sembloit mériter une vie
plus longue & plus étenduë.

Retenons nos plaintes, MES-
SIEURS, il est temps de commencer son éloge, & de vous
faire voir comment cét Homme puissant triomphe des ennemis de l'Estat par sa valeur,
des passions de l'Ame par sa
sagesse, des erreurs & des vanitez du siécle par sa piété. Si
j'interromps cét ordre de mon
discours, pardonnez un peu de
confusion dans un sujet qui
nous a causé tant de trouble.
Je confondray peut-estre quelquefois le Général d'Armée,
le Sage, le Chrestien. Je loüe-
ray tantost les victoires, tantost

les vertus qui les ont obtenuës.
Si je ne puis raconter tant d'a-
ctions, je les découvriray dans
leurs principes, j'adoreray le
Dieu des Armées, j'invoqueray
le Dieu de la paix, je beniray le
Dieu des miséricordes, & j'atti-
reray par tout voftre attention,
non pas par la force de l'éloquence, mais par la vérité, &
par la grandeur des vertus dont
je fuis engagé de vous parler.

N'attendez pas, MESSIEURS,
que je fuive la couftume des
Orateurs, & que je loûë M.
DE TURENNE comme on loûë
les hommes ordinaires. Si fa
vie avoit moins d'éclat, je m'ar-
refterois fur la grandeur & la
nobleffe de fa Maifon : & fi fon
portrait eftoit moins beau, je

produirois icy ceux de ses Ancestres. Mais la gloire de ses
actions efface celle de sa naif-
sance ; & la moindre loüange
qu'on peut luy donner, c'est
d'estre sorti de l'ancienne & illustre Maison de la Tour-d'Auvergne, qui a meslé son Sang à
celuy des Rois & des Empereurs ; qui a donné des Mais-
tres à l'Aquitaine, des Princesses
à toutes les Cours de l'Europe, & des Reines mesmes à la
France.

Mais que dis-je ? il ne faut
pas l'en loüer icy, il faut l'en
plaindre. Quelque glorieuse que
fust la source dont il sortoit,
l'Hérésie des derniers temps
l'avoit infectée. Il recevoit a-
vec ce beau Sang des principes d'erreur & de menson-

ge, & parmi fes exemples domeftiques il trouvoit celuy d'i-
gnorer & de combatre la verité. Ne faifons donc pas la matiere de fon éloge, de ce qui
fut pour luy un fujet de pénitence; & voyons les voyes
d'honneur & de gloire que la
Providence de Dieu luy ouvrit
dans le monde, avant que fa
Miféricorde le retiraft des voyes
de la perdition & de l'égarement
de fes Peres.

Avant fa quatorziéme année
il commença de porter les armes. Des fiéges & des combats fervirent d'exercice à fon
enfance, & fes premiers diver-
tiffemens furent des victoires.
Sous la difcipline du Prince
d'Orange fon oncle maternel,
il apprit l'art de la guerre en

qualité de simple soldat ; & ni l'orgueïl, ni la paresse ne l'éloignerent d'aucun des emplois, où la peine & l'obéïssance sont attachées. On le vit en ce dernier rang de la Milice, ne refuser aucune fatigue, & ne craindre aucun péril ; faire par honneur ce que les autres faisoient par nécessité, & ne se distinguer d'eux que par un plus grand attachement au travail, & par une plus noble application à tous ses devoirs.

Ainsi commençoit une vie, dont les suites devoient estre si glorieuses, semblables à ces fleuves qui s'étendent à mesure qu'ils s'éloignent de leur source, & qui portent enfin par tout où ils coulent, la commodité & l'abondance. Depuis ce temps

H vj

il a vécu pour la gloire & pour
le salut de l'Estat. Il a rendu
tous les services qu'on peut attendre d'un esprit ferme & a-
gissant, quand il se trouve dans
un corps robuste & bien cons-
titué. Il a eû dans la jeunesse
toute la prudence d'un âge a-
vancé, & dans un âge avancé
toute la vigueur de la jeunesse.
Ses jours ont esté pleins, selon
les termes de l'Ecriture ; &
comme il ne perdit pas ses jeunes années dans la mollesse &
la volupté, il n'a pas esté contraint de passer les dernieres
dans l'oisiveté & dans la foiblesse.

Quel peuple ennemi de la
France n'a pas ressenti les effets
de sa valeur, & quel endroit
de nos frontieres n'a pas servi

Psal. 72.

de théatre à sa gloire? Il passe les Alpes ; & dans les fameuses actions de Casal, de Thurin, de la Route-de-Quiers, il se signale par son courage & par sa prudence ; & l'Italie le regarde comme un des principaux instrumens de ces grands & prodigieux succés qu'on aura peine à croire un jour dans l'Histoire. Il passe des Alpes aux Pyrenées, pour assister à la conqueste de deux importantes places, qui mettent une de nos *Perpignan & Colioure.* plus belles Provinces à couvert de tous les efforts de l'Espagne. Il va recueïllir au-delà du Rhin *Tréves, Aschaffenbourg, &c.* le débris d'une armée défaite, il prend des villes, & contri- *Le Combat de Fribourg,* buë au gain des batailles. Il *la Bataille de Norlingue.* s'éleve ainsi par degrez, & par son seul mérite, au suprême

commandement ; & fait voir
dans tout le cours de sa vie, ce
que peut pour la défense d'un
Royaume, un Général d'Armée,
qui s'est rendu digne de commander en obéïssant, & qui a
joint à la valeur & au génie
l'application & l'expérience.

Ce fut alors que son esprit &
son cœur agirent dans toute leur
étenduë. Soit qu'il falluft préparer les affaires, ou les dé-
cider; chercher la victoire a-
vec ardeur, ou l'attendre avec
patience ; soit qu'il falluft pré-
venir les desseins des ennemis
par la hardiesse, ou dissiper les
craintes & les jalousies des alliez par la prudence; soit qu'il
falluft se modérer dans les profpéritez, ou se souftenir dans les
malheurs de la guerre : son ame

fut toûjours égale. Il ne fit que
changer de vertus, quand la fortune changeoit de face : heureux sans orgueil, malheureux
avec dignité, & presque aussi
admirable lors qu'avec jugement & avec fierté il sauvoit
les restes des troupes batuës à
Mariandal, que lors qu'il batoit luy-mesme les Impériaux
& les Bavarois, & qu'avec des
troupes triomphantes, il for-
çoit toute l'Allemagne à de- *La Paix de*
mander la Paix à la France. *Munster.*

On eust dit qu'un heureux
Traité alloit terminer toutes
les guerres de l'Europe, lors
que Dieu, dont les jugemens
selon le Prophéte sont des a- *Psal. 35.*
bismes, voulut affliger & pu-
nir la France par elle-mesme,
& l'abandonna à tous les déré-

glemens que caufent dans un
Eftat les diffenfions civiles &
domeftiques. Souvenez-vous,
MESSIEURS, de ce temps de
defordre & de trouble, où l'efprit ténébreux de difcorde con-
fondoit le droit avec la paffion, le devoir avec l'intereft,
la bonne caufe avec la mauvai-
fe; où les aftres les plus bril-
lans fouffrirent prefque tous
quelque éclipfe, & les plus fidelles fujets fe virent entraifnez, malgré eux, par le torrent des partis, comme ces pi-
lotes, qui fe trouvant furpris
de l'orage en pleine mer, font
contraints de quitter la route
qu'ils veulent tenir, & de s'a-
bandonner pour un temps au
gré des vents & de la tempefte.
Telle eft la juftice de Dieu,

telle eſt l'infirmité naturelle des hommes. Mais le Sage revient aiſément à ſoy ; & il y a dans la Politique comme dans la Religion, une eſpece de penitence plus glorieuſe que l'innocence meſme, qui répare avanageuſement un peu de fragilié par des vertus extraordinaires, & par une ferveur continuelle.

Mais où m'arreſtay - je, M e s-i e u r s ? Voſtre eſprit vous reſente déja ſans doute M. d e T u r e n n e à la teſte des Armées du Roy. Vous le voyez combatre, & diſſiper la rebellion, ramener ceux que le menſonge avoit ſéduits, raſſeûrer ceux que la crainte avoit ébranlez, & crier, comme un autre Moyſe, à toutes les portes d'Iſ-

raël : *Que ceux qui font au Sei-*
gneur, fe joignent à moy. Quelles
furent alors fa fermeté & fa fageffe ? Tantoft fur les rives de
Loire, fuivi d'un petit nombre
d'officiers & de domeftiques,
il court à la défenfe d'un Pont,
& tient ferme contre une Armée ; & foit la hardieffe de
l'entreprife, foit la feule prefence de ce grand homme, foit
la protection vifible du Ciel
qui rendoit les ennemis immo-
biles, il étonna, par fa réfolution, ceux qu'il ne pouvoit arrefter par la force, & releva
par cette prudente & heureufe
temerité, l'Eftat panchant vers
fa ruine. Tantoft fe fervant de
tous les avantages des temps
& des lieux, il arrefte, avec
peu de troupes, une armée qui

Exod. 32.

Le Pont de
Gergeau.

A Blencau.

venoit de vaincre, & mérite les loüanges mesmes d'un Ennemi, qui dans les siecles idolâtres au- oit passé pour le Dieu des Ba- *à Villeneuve S. George.* tailles. Tantost vers les bords de la Seine, il oblige, par un Traité, un Prince étranger, dont il avoit pénetré les plus secretes intentions, de sortir de France, & d'abandonner les es- pérances qu'il avoit conceûës de profiter de nos desordres.

Je pourrois ajouster icy des places prises, des combats ga- gnez sur les rebelles. Mais dé- robons quelque chose à la gloi- re de nostre Héros, plûtost que de voir plus long-temps l'image funeste de nos miseres passées. Parlons d'autres exploits, qui ayent esté aussi avantageux pour la France, que pour luy-mesme,

& dont nos ennemis n'ayent pas eû sujet de se réjoüir.

Je me contente de vous dire qu'il appaisa, par sa conduite, l'orage dont le Royaume estoit agité. Si la licence fut réprimée; si les haines publiques & particulieres furent assoupies; si les loix reprirent leur ancienne vigueur; si l'ordre & le repos furent rétablis dans les villes & dans les provinces; si les membres furent heureusement réünis avec leur chef: c'est à luy, France, que tu le dois. Je me trompe : c'est à Dieu, qui tire, quand il veut, des tresors de sa Providence, ces grandes ames, qu'il a choisies comme des instrumens visibles de sa puissance, pour faire naistre du sein des tempes-

tes , le calme & la tranquillité
publique, pour relever les Eftats de leurs ruines , & réconcilier, quand fa juftice eft fatis-
faite, les peuples avec leurs Souverains.

Son courage, qui n'agiffoit
qu'avec peine dans les malheurs de fa patrie, fembla s'é-
chauffer dans les guerres étrangeres, & l'on vit redoubler fa
valeur. N'entendez pas par ce
mot, MESSIEURS, une har-
dieffe vaine, indifcrete, empor-
tée, qui cherche le danger pour
le danger mefme ; qui s'expofe
fans fruit, & qui n'a pour but
que la réputation, & les vains
applaudiffemens des hommes.
Ie parle d'une hardieffe fage &
reglée, qui s'anime à la veûë
des ennemis; qui dans le pe-

ril mefme pourvoit à tout, &
prend tous fes avantages : mais
qui fe mefure avec fes forces,
qui entreprend les chofes difficiles, & ne tente pas les impof-
fibles ; qui n'abandonne rien au
hazard de ce qui peut eftre conduit par la vertu : capable enfin
de tout ofer, quand le confeil eft
inutile, & prefte à mourir dans
la victoire, ou à furvivre à fon
malheur, en accompliffant fes
devoirs.

J'avouë, Messieurs, que
je fuccombe icy fous le poids
de mon fujet. Ce grand nombre d'actions, dont je dois parler, m'embarraffe ; je ne puis les
décrire toutes, & je voudrois
n'en obmetre aucune. Que n'ay-
je le fecret de graver dans vos
efprits un plan invifible & ra-

courci de la Flandre & de l'Allemagne ! Je marquerois fans confufion dans vos penfées tout ce que fit ce grand Capitaine, & vous dirois en abregé, felon les lieux : icy il forçoit des retranchemens, & fecouroit une place affiégée. Là il furprenoit les ennemis, ou les batoit en pleine campagne. Ces villes où vous voyez les Lis arborez, ont efté, ou défenduës par fa vigilance, ou conquifes par fa fermeté & par fon courage. Ce lieu couvert d'un bois & d'une riviere, c'eft le pofte où il raffeûroit fes troupes effrayées aprés une honorable retraite. Icy il fortoit de fes lignes pour combatre, & d'un feul coup prenoit une ville, & gagnoit une bataille.

Le fecours d'Arras.

Condé, Landrecies, Ipre, Oudenarde. &c.

Retraite de Valenciennes.

Bataille des Dunes, & prife de Dunkerque.

Saint Venant pris, Ardres fecouru.

Là diftribuant ce qui luy reftoit de fon propre argent, il achevoit un fiege, & il alloit en faire lever un au mefme temps.

Je recueïllerois en fuite tant de fuccés, & vous ferois fouvenir de ces mauvaifes nuits que le Roy d'Efpagne avoûa qu'il avoit paffées, & de cette Paix recherchée par des Traitez & des Alliances, fans laquelle, Flandre théatre fanglant où fe paffent tant de fcenes tragiques, trifte & fatale contrée trop étroite pour contenir tant d'Armées qui te devorent, tu aurois accrû le nombre de nos Provinces, & au lieu d'eftre la fource malheureufe de nos guerres, tu ferois aujourd'huy le fruit paifible de nos victoires.

Paix des Pyrenées.

J

Je pourrois, MESSIEURS, vous montrer vers les bords du Rhin autant de trophées que ſur les bords de l'Eſcaut & de la Sambre. Je pourrois vous décrire des combats gagnez, des rivieres, & des défilez paſſez à la veûë des ennemis, des plaines teintes de leur ſang, des montagnes preſque inacceſſibles traverſées pour les aller repouſſer loin de nos frontieres. Mais l'éloquence de la chaire n'eſt pas propre au recit des combats & des batailles : la langue d'un Preſtre deſtinée à loûër JESUS-CHRIST le Sauveur des hommes, ne doit pas eſtre employée à parler d'un Art qui tend à leur deſtruction ; & je ne viens pas vous donner des idées de meur-

A Entzein, Sintzein, Mulhauſen, &c.

I

tre & de carnage devant ces Autels où l'on n'offre plus le fang des taureaux en facrifice au Dieu des armées, mais au Dieu de miféricorde & de paix une victime non - fan- glante.

Quoy donc ! n'y a - t - il point de valeur & de générofité Chreftienne ? L'Ecriture qui commande de fanctifier les guerres, ne nous apprend - elle pas que la piété n'eft pas in- compatible avec les armes ? Viens - je condamner une pro- feffion, que la Religion ne condamne pas, quand on en fçait modérer la violence ? Non, MESSIEURS, je fçay que ce n'eft pas en vain que les Princes portent l'épée; que la force peut agir, quand elle

Joël. c. 3.

Epift. ad
Rom. c. 13.

se trouve jointe avec l'équité; que le Dieu des armées préside à cette redoutable justice que les Souverains se font à eux-mesmes; que le droit des armes est nécessaire pour la conservation de la Société; & que les guerres sont permises, pour asseûrer la Paix, pour protéger l'innocence, pour arrester la malice qui se déborde, & pour retenir la cupidité dans les bornes de la justice.

Je sçay aussi que la modération & la charité doivent régler les guerres parmi les Chrestiens; que les Capitaines qui les conduisent sont les Ministres de la Providence de Dieu qui est toûjours sage, & de la puissance des Rois qui ne doit jamais estre injuste; qu'ils doi-

vent avoir le cœur doux & charitable, lors mesme que leurs
mains sont sanglantes, & adorer
interieurement le Créateur,
lors qu'ils se trouvent dans la
triste nécessité de détruire ses
créatures.

C'est icy que j'atteste la foy
publique, Messieurs, & que
parlant de la douceur & de la
modération de M. de Tu-
renne, je puis avoir pour témoins de ce que je dis, tous
ceux qui l'ont suivi dans les
Armées. S'est-il fait un plaisir
de se servir du pouvoir qu'il a
eû de nuire à ceux-mesmes
qu'on regarde & qu'on traite
comme ennemis ? Où a-t-il
laissé des marques terribles de
sa colere, ou de ses vengean-
ces particulieres ? Laquelle de

ses victoires a - t - il estimée par
le nombre des misérables qu'il
accabloit, ou des morts qu'il
laissoit sur le champ de bataille ? Quelle vie a - t - il exposée
pour son interest, ou pour sa
propre réputation ? Quel soldat
n'a - t - il pas ménagé comme
un sujet du Prince & une portion de la république ? Quelle
goutte de sang a - t - il répanduë
qui n'ait servi à la cause commune ?

On l'a veû dans la fameuse
Bataille des Dunes arracher les
armes des mains des soldats é-
strangers, qu'une férocité naturelle acharnoit sur les vaincus.
On l'a veû gémir de ces maux
nécessaires que la guerre traî-
ne aprés soy, que le temps
force de dissimuler, de souffrir,

& de faire. Il fçavoit qu'il y a
un droit plus haut & plus facré
que celuy que la fortune & l'orgueil impofent aux foibles &
aux malheureux; & que ceux qui
vivent fous la Loy de JESUS-
CHRIST, doivent épargner,
autant qu'ils peuvent, un fang
confacré par le fien, & ménager
des vies qu'il a rachetées par fa
mort.

Il cherchoit à foumettre les
ennemis, non pas à les perdre.
Il euft voulu pouvoir attaquer
fans nuire, fe défendre fans
offenfer, & réduire au droit &
à la juftice, ceux à qui il eftoit
obligé, par devoir, de faire violence.

Enfin, il s'eftoit fait une efpéce de morale militaire qui
luy eftoit propre. Il n'avoit

pour toute paſſion, que l'affection pour la gloire du Roy,
le deſir de la Paix, & le zele
du bien public. Il n'avoit pour
ennemis que l'orgueil, l'injuſtice, & l'uſurpation. Il s'eſtoit
accouſtumé à combatre ſans
colere, à vaincre ſans ambition, & à triompher ſans vanité, & à ne ſuivre pour régle
de ſes actions que la vertu &
la ſageſſe. C'eſt ce que je dois
vous montrer en cette ſeconde
partie.

La valeur n'eſt qu'une force
aveugle & impetueuſe, qui ſe
trouble & ſe précipite, ſi elle
n'eſt éclairée & conduite par
la probité & par la prudence ;
& le Capitaine n'eſt pas ac-
compli, s'il ne renferme en

I iiij

foy l'homme de bien, & l'homme fage. Quelle difcipline peut établir dans un camp, celuy qui ne fçait régler ni fon efprit, ni fa conduite? Et comment fçaura calmer, ou émouvoir felon fes deffeins dans une armée tant de paffions différentes, celuy qui ne fera pas maiftre des fiennes? Auffi l'Efprit de Dieu nous apprend dans l'Ecriure, que l'homme prudent l'emporte fur le courageux, que la fageffe vaut mieux que les armes des gens de guerre, & que celuy qui eft patient & moderé eft quelquefois plus eftimable, que celuy qui prend des villes, & qui gagne des batailles.

Sap. c. 6.

Eccl. c. 9.

Prov. c. 16.

Icy vous formez fans doute, MESSIEURS, dans voftre efprit, des idées plus nobles que celles que je puis vous donner. En parlant de M. DE TUREN-NE, je reconnois que je ne puis vous élever au deſſus de vous-meſmes ; & le ſeul avantage que j'ay, c'eſt que je ne diray rien que vous ne croyiez, & que ſans eſtre flateur, je puis dire de grandes choſes. Y eût-il jamais homme plus ſage & plus prévoyant, qui conduiſiſt une guerre avec plus d'ordre & de jugement, qui euſt plus de précautions & plus de reſ-ſources, qui fuſt plus agiſſant & plus retenu, qui diſpoſaſt mieux toutes choſes à leur fin, & qui laiſſaſt meûrir ſes entre-priſes avec tant de patience ? Il prenoit des meſures preſque in-faillibles ; & pénétrant non-

seulement ce que les ennemis
avoient fait , mais encore ce
qu'ils avoient deffein de faire, il pouvoit eftre malheureux, mais il n'eftoit jamais
furpris. Il diftinguoit le temps
d'attaquer, & le temps de défendre. Il ne hafardoit jamais
rien que lors qu'il avoit beaucoup à gagner, & qu'il n'avoit
prefque rien à perdre. Lors
mefme qu'il fembloit ceder, il
ne laiffoit pas de fe faire craindre. Telle enfin eftoit fon habileté, que lors qu'il vainquoit,
on ne pouvoit en attribuer
l'honneur qu'à fa prudence ; &
lors qu'il eftoit vaincu, on ne
pouvoit en imputer la faute
qu'à la fortune.

Souvenez - vous, Messieurs,
du commencement, & des fui-

tes de la guerre, qui n'estant
d'abord qu'une étincelle, em-
brase aujourd'huy toute l'Europe. Tout se déclare contre la
France. On souleve les Estrangers, on débauche les Alliez,
on intimide les Amis, on en-
courage les Vaincus, on arme
les Envieux. Sur des craintes
imaginaires, & des défiances
artificieusement inspirées, les
interests sont confondus, la foy
violée, & les Traitez mépri-
sez. Il falloit, je l'avoüë, pour
résister à tant d'Armées jointes
ensemble contre nous, des troupes aussi vaillantes, & des capitaines aussi expérimentez que
les nostres. Mais rien n'estoit
si formidable, que de voir toute l'Allemagne, ce grand &
vaste corps, composé de tant

de peuples & de nations différentes, déployer tous ses éten-
darts, & marcher vers nos frontieres, pour nous accabler par la
force, aprés nous avoir effrayez
par la multitude.

Il falloit opposer à tant d'ennemis un homme d'un courage ferme & asseûré, d'une capacité étenduë, d'une experience
consommée, qui souftint la réputation, & qui ménageaft les
forces du Royaume; qui n'ou-
bliaft rien d'utile & de nécef-
faire, & ne fift rien de fuperflu; qui fceuft, felon les occafions, profiter de fes avantages, ou fe relever de fes pertes; qui fuft tantoft le bouclier,
& tantoft l'épée de fon païs;
capable d'exécuter les ordres
qu'il auroit receûs, & de pren-

dre conseil de luy-mesme dans les rencontres.

Vous sçavez de qui je parle, Messieurs; vous sçavez le détail de ce qu'il fit sans que je le die. Avec des troupes considérables seulement par leur courage, & par la confiance qu'elles avoient en leur Général, il arreste, & consume deux grandes armées, & force à conclure la paix, par des traitez, ceux qui croyoient venir terminer la guerre par nostre entiere & prompte défaite. Tantost il s'oppose à la jonction de tant de secours ramassez, & rompt le cours de tous ces torrens qui auroient inondé la France. Tantost il les défait, ou les dissipe par des combats réiterez. Tantost il les repousse au-delà de

leurs rivieres , & les arrefte
toûjours, par des coups har-
dis, quand il faut rétablir la
réputation ; par la modération,
quand il ne faut que la conferver.

Villes que nos ennemis s'eftoient déja partagées, vous eftes encore dans l'enceinte de
noftre Empire. Provinces qu'ils
avoient déja ravagées dans le
defir & dans la penfée, vous
avez encore recüeilli vos moiffons. Vous durez encore, Places que l'art & la nature a for-
tifiées, & qu'ils avoient deffein
de démolir ; & vous n'avez
tremblé que fous des projets fri-
voles d'un vainqueur en idée,
qui comptoit le nombre de nos
foldats, & qui ne fongeoit pas
à la fageffe de leur Capitaine.

Cette fageffe eftoit la fource de tant de profperitez éclatantes. Elle entretenoit cette
union des foldats avec leur
Chef, qui rend une armée in-
vincible. Elle répandoit dans
les troupes un efprit de force,
de courage, & de confiance,
qui leur faifoit tout fouffrir, &
tout entreprendre dans l'exécution de fes deffeins : elle rendoit enfin des hommes groffiers, capables de gloire. Car,
MESSIEURS, qu'eft-ce qu'une
Armée? C'eft un corps animé
d'une infinité de paffions différentes, qu'un homme habile fait
mouvoir pour la défenfe de la
Patrie : c'eft une troupe d'hommes armez, qui fuivent aveu-
glément les ordres d'un Chef,
dont ils ne fçavent pas les in-

tentions : c'eſt une multitude
d'ames pour la pluſpart viles, &
mercenaires, qui, ſans ſonger à
leur propre réputation, travail-
lent à celle des Rois & des
Conquerans : c'eſt un aſſemblage confus de libertins, qu'il
faut aſſujétir à l'obéïſſance ; de
lafches, qu'il faut mener au
combat ; de teméraires, qu'il
faut retenir ; d'impatiens, qu'il
faut accouſtumer à la conſtance. Quelle prudence ne faut-
il pas pour conduire, & réünir au ſeul intereſt public tant
de veûës & de volontez différentes ? Comment ſe faire
craindre, ſans ſe mettre en danger d'eſtre haï, & bien ſouvent abandonné ? Comment
ſe faire aimer, ſans perdre un
peu de l'autorité, & relaſ

lâcher de la discipline neceffaire ?

Qui trouva jamais mieux tous
ces juftes temperamens, que
ce Prince que nous pleurons ?
Il attacha par des nœuds de
refpect & d'amitié, ceux qu'on
ne retient ordinairement que
par la crainte des fupplices ; &
fe fit rendre par fa modération,
une obéïffance aifée, & volontaire. Il parle, chacun écoute
fes oracles ; il commande, chacun avec joye fuit fes ordres ;
I marche, chacun croit courir
à la gloire. On diroit qu'il va
combatre des Rois confedérez
avec fa feule maifon, comme
un autre Abraham ; que ceux   Genef. 14.
qui le fuivent, font fes foldats,
& fes domeftiques ; & qu'il eft
& Général, & Pere de famille

tout ensemble. Auffi rien ne
peut fouftenir leurs efforts : ils
ne trouvent point d'obftacle,
qu'ils ne furmontent ; point de
difficulté qu'ils ne vainquent ;
point de peril qui les épou-
vante ; point de travail qui les
rebute ; point d'entreprife qui
les étonne ; point de conquefte
qui leur paroiffe difficile. Que
pouvoient-ils refufer à un Capitaine qui renonçoit à fes com-
moditez, pour les faire vivre
dans l'abondance ; qui pour
leur procurer du repos, perdoit
le fien propre ; qui foulageoit
leurs fatigues, & ne s'en épar-
gnoit aucune ; qui prodiguoit
fon fang, & ne ménageoit que
le leur ?

Par quelle invifible chaîfne
entraifnoit-il aïnfi les volontez ?

par cette bonté, avec laquelle
il encourageoit les uns, il ex-
cuſoit les autres, & donnoit à
tous les moyens de s'avancer,
de vaincre leur malheur, ou de
réparer leurs fautes ; par ce deſ-
intereſſement qui le portoit à
préferer ce qui eſtoit plus utile
à l'Eſtat, à ce qui pouvoit eſtre
plus glorieux pour luy - meſme ;
par cette juſtice, qui dans la
diſtribution des emplois, ne
luy permettoit pas de ſuivre ſon
inclination au préjudice du mérite ; par cette nobleſſe de cœur
& de ſentimens, qui l'élevoit
au deſſus de ſa propre grandeur, & par tant d'autres qualitez qui luy attiroient l'eſtime
& le reſpect de tout le monde.
Que j'entrerois volontiers dans
les motifs & dans les circonſ-

tances de fes actions! Que j'ai-
merois à vous montrer une
conduite fi réguliere & fi uni-
forme; un mérite fi éclatant,
& fi exempt de fafte & d'often-
tation; de grandes vertus pro-
duites par des principes encore
plus grands; une droiture uni-
verfelle, qui le portoit à s'appliquer à tous fes devoirs, & à
les réduire tous à leurs fins juftes
& naturelles; & une heureufe
habitude d'eftre vertueux, non
pas pour l'honneur, mais pour la
juftice qu'il y a de l'eftre. Mais
il ne m'appartient pas de péne-
trer jufqu'au fond de ce cœur
magnanime; & il eftoit refer-
vé à une bouche plus éloquen-
te que la mienne, d'en exprimer tous les mouvemens, & toutes les inclinations interieures.

M. l'Evefque
de Tulle.

Pour récompenfer tant de vertus par quelque honneur extraordinaire, il falloit trouver un grand Roy, qui cruft ignorer quelque chofe, & qui fuft capable de l'avoüer. Loin d'icy ces flateufes maximes, que les Rois naiffent habiles, & que les autres le deviennent; que leurs ames privilegiées fortent des mains de Dieu, qui les crée, toutes fages & intelligentes; qu'il n'y a point pour eux d'effay, ni d'apprentiffage; qu'ils font vertueux fans travail, & prudens fans expérience. Nous vivons fous un Prince, qui, tout grand, & tout éclairé qu'il eft, a bien voulu s'inftruire pour commander; qui, dans la route de la gloire, a fceû choifir un guide fidelle, & qui a crû

qu'il eſtoit de ſa ſageſſe de ſe
ſervir de celle d'autruy. Quel
honneur pour un ſujet d'accom-
pagner ſon Roy, de luy ſervir
de conſeil , & ſi je l'oſe dire ,
d'exemple dans une importante
Conqueſte! Honneur d'autant
plus grand , que la faveur n'y
put avoir part; qu'il ne fut fondé que ſur un mérite univer-
ſellement connu; & qu'il fut
ſuivi de la priſe des villes les
plus conſidérables de la Flandre.

Charleroy,
Doüay ,
Tournay,
Ath, l'Iſle,
&c.

Aprés cette glorieuſe marque d'eſtime & de confiance,
quels projets d'établiſſement &
de fortune n'auroit pas faits un
homme avare & ambitieux ?
Qu'il euſt amaſſé de biens &
d'honneurs, & qu'il euſt vendu
cherement tant de travaux &

de services! Mais cét homme sage & desintereffé, content des témoignages de sa confcience, & riche de sa modération, trouve dans le plaisir qu'il a de bien faire, la récompense d'avoir bien fait. Quoy-qu'il puisse tout obtenir, il ne demande, & ne prétend rien; il ne defire, à l'exemple de Salomon, qu'un eftat frugal & honnefte entre la pauvreté & les richeffes; & quelques offres qu'on luy faffe, il n'étend fes defirs qu'à proportion de fes befoins, & fe refferre dans les bornes étroites du feul nécef-faire. Il n'y eût qu'une ambi-tion qui fut capable de le tou-cher: ce fut de mériter l'efti-me & la bienveillance de fon Maiftre. Cette ambition fut fa-

Prov. c. 30.

tisfaite; & noftre fiecle a veû
un fujet aimer fon Roy pour
fes grandes qualitez, non pour
fa dignité, ni pour fa fortune;
& un Roy aimer fon fujet, plus
pour le mérite qu'il connoiffoit en luy, que pour les fervi-
vices qu'il en recevoit.

Cét honneur, Messieurs,
ne diminua point fa modeftie.
A ce mot, je ne fçay quel re-
mors m'arrefte. Je crains de
publier icy des loûanges qu'il
a fi fouvent rejetées, & d'offenfer aprés fa mort une vertu
qu'il a tant aimée pendant fa
vie. Mais accompliffons la juftice, & loûons-le fans crainte, en
un temps où nous ne pouvons
eftre fufpects de flaterie, ni luy
fufceptible de vanité. Qui fit
jamais de fi grandes chofes à
qui

qui les dît avec plus de rete-
nuë ? Remportoit-il quelque
avantage; à l'entendre, ce n'eftoit pas qu'il fuft habile, mais
l'ennemi s'eftoit trompé. Ren-
doit-il compte d'une bataille;
il n'oublioit rien, finon que
c'eftoit luy qui l'avoit gagnée.
Racontoit-il quelques-unes de
ces actions qui l'avoient rendu
fi célebre; on euft dit qu'il n'en
avoit efté que le fpectateur, &
l'on doutoit fi c'eftoit luy qui
fe trompoit, ou la renommée.
Revenoit-il de ces glorieufes
Campagnes qui rendront fon
nom immortel; il fuyoit les acclamations populaires, il rou-
giffoit de fes victoires, il venoit recevoir des éloges comme on vient faire des apolo-
gies, & n'ofoit prefque abor-

K.

der le Roy, parce qu'il eſtoit
obligé par reſpect de ſouffrir
patiemment les loûanges dont
Sa Majeſté ne manquoit jamais
de l'honorer.

C'eſt alors que dans le doux
repos d'une condition privée,
ce Prince ſe dépouïllant de toute la gloire qu'il avoit aquiſe
pendant la guerre, & ſe renfermant dans une ſocieté peu nom-
breuſe de quelques amis choi-
ſis, il s'exerçoit ſans bruit aux
vertus civiles : ſincere dans ſes
diſcours, ſimple dans ſes actions
fidelle dans ſes amitiez, exact
dans ſes devoirs, reglé dans ſes
deſirs, grand meſme dans les
moindres choſes. Il ſe cache
mais ſa réputation le découvre
il marche ſans ſuite & ſans é-
quipage, mais chacun dans ſon

efprit le met fur un char de triomphe. On compte, en le voyant, les ennemis qu'il a vain-cus, non pas les ferviteurs qui le fuivent ; tout feul qu'il eft, on fe figure autour de luy fes vertus & fes victoires qui l'accompa-gnent : il y a je ne fçay quoy de noble dans cette honnefte fim-plicité ; & moins il eft fuperbe, plus il devient vénérable.

Il auroit manqué quelque chofe à fa gloire, fi trouvant par tout tant d'admirateurs, il n'euft fait quelques envieux. Telle eft l'injuftice des hommes : la gloi-re la plus pure, & la mieux acquife les bleffe ; tout ce qui s'éleve au deffus d'eux, leur devient odieux & infupporta-ble; & la fortune la plus approu-vée, & la plus modefte n'a pû fe

sauver de cette lasche & mali-
gne passion. C'est la destinée
des grands hommes d'en estre
attaqué ; & c'est le privilege de
M. DE TURENNE d'avoir pû
la vaincre. L'envie fut étoufée,
ou par le mépris qu'il en fit,
ou par des accroissemens per-
petuels d'honneur & de gloire;
le mérite l'avoit fait naistre, le
mérite la fit mourir. Ceux qui
luy estoient moins favorables,
ont reconnu combien il estoi
nécessaire à l'Estat : ceux qu
ne pouvoient souffrir son éle
vation, se crurent enfin obli
gez d'y consentir ; & n'osan
s'affliger de la prospérité d'u
homme qui ne leur auroit ja
mais donné la misérable con
solation de se réjoüir de quel
qu'une de ses fautes, ils joigni

rent leur voix à la voix publique, & crurent qu'eſtre ſon
ennemi, c'eſtoit l'eſtre de toute
la France.

Mais à quoy auroient abou-
ti tant de qualitez héroïques ,
ſi Dieu n'euſt fait éclater ſur
luy la puiſſance de ſa Grace ,
& ſi celuy, dont ſa Providence s'eſtoit ſi noblement ſervie,
euſt eſté l'objet éternel de ſa
juſtice? Dieu ſeul pouvoit diſſiper ſes ténebres, & il tenoit
en ſa puiſſance l'heureux moment qu'il avoit marqué pour
l'éclairer de ſes veritez.

Il arriva ce moment heu-
reux, ce point où ſe rappor-
toit toute ſa véritable gloire. Il
entrevit des piéges & des pré-
cipices que ſa prévention luy
avoit juſqu'alors entierement

cachez. Il commença à marcher avec précaution & avec
crainte dans ces routes égarées
où il se trouvoit engagé. Certains rayons de Grace & de
Lumiere luy firent appercevoir qu'en vain rempliroit-il les
plus beaux endroitsde l'Histoire, si son nom n'estoit écrit
dans le Livre de vie ; qu'en
vain gagneroit-il le monde entier, s'il perdoit son ame; qu'il
n'y avoit qu'une Foy, & un
Jesus-Christ, & une Vé-
rité simple & indivisible , qui
ne se montre qu'à ceux qui la
cherchent avec un cœur humble, & une volonté desinteres-
sée. Il n'estoit pas encore é-
clairé,mais il commençoit d'estre docile. Combien de fois
consulta-t-il des amis sçavans

& fidelles ? Combien de fois soupirant aprés ces lumieres vives & efficaces, qui seules triomphent des erreurs de l'esprit humain, dît-il à JESUS-CHRIST, comme cét Aveugle de l'Evangile : *Seigneur, faites que je voye ?* Combien de fois essaya-t-il d'une main impuissante d'arracher le bandeau fatal qui fermoit ses yeux à la vérité ? Combien de fois remonta-t-il jusqu'à ces sources anciennes & pures que JESUS-CHRIST a laissées à son Eglise, pour y puiser avec joye les eaux d'une doctrine salutaire ?

Habitude, prétextes, engagemens, honte de changer, plaisir d'estre regardé comme le Chef & le Protecteur d'Is-

Matc. c. 10.

K iiij

raël; vaines & fpecieufes raifons de la chair & du fang,
vous ne puftes le retenir. Dieu
rompit tous ces liens ; & le
mettant dans la liberté de fes
enfans, le fit paffer de la ré-
gion des ténebres, au royaume de fon Fils bien-aimé, à
qui il appartenoit par fon éle-
ction éternelle. Icy un nouvel
ordre de chofes fe prefente à
moy. Je voy de plus grandes
actions, de plus nobles motifs,
une protection de Dieu plus
vifible. Je parle deformais d'u-
ne fageffe que la veritable piété accompagne, & d'un courage que l'Efprit de Dieu for-
tifie. Renouvellez donc voftre
attention en cette derniere partie de mon difcours, & fup-
pléez dans vos penfées à ce

qui manquera à mes expref-
fions & à mes paroles.

Si M. DE TURENNE n'a-
voit fceû que combatre & vaincre ; s'il ne s'eftoit élevé au deffus des vertus humaines ; fi fa
valeur & fa prudence n'avoient
efté animées d'un efprit de Foy
& de Charité : je le mettrois
au rang des Scipions , & des
Fabius ; je laifferois à la vanité
le foin d'honorer la vanité ; &
je ne viendrois pas dans un lieu
faint faire l'éloge d'un homme
prophane. S'il avoit fini fes
jours dans l'aveuglement &
dans l'erreur, je loüerois en
vain des vertus que Dieu n'auroit pas couronnées ; je répan-
drois des larmes inutiles fur fon
tombeau ; & fi je parlois de fa

K v

gloire, ce ne feroit que pour
déplorer fon malheur. Mais,
graces à JESUS-CHRIST, je
parle d'un Chreftien éclairé des
lumieres de la Foy, agiffant par
les principes d'une Religion pure, & confacrant par une fincere
pieté, tout ce qui peut flater
l'ambition ou l'orgueïl des hommes. Ainfi les loüanges que
je luy donne, retournent à Dieu
qui en eft la fource ; & comme c'eft la verité qui l'a fan-
étifié, c'eft auffi la verité qui le
loüë.

Que fa converfion fut entiere, MESSIEURS! & qu'il fut
différent de ceux, qui fortant
de l'héréfie par des veûës inte-
reffées, changent de fentimens
fan changer de mœurs ; n'entrent dans le fein de l'Eglife,

que pour la blesser de plus
prés par une vie scandaleuse ;
& ne cessent d'estre ennemis
déclarez, qu'en devenant enfans rebelles ! Quoy-que son
cœur se fust sauvé des déréglemens que causent d'ordinaire les passions, il prit encore
plus de soin de le régler. Il
crut que l'innocence de sa vie
devoit répondre à la pureté de
sa créance. Il connut la vérité, il l'aima, il la suivit. Avec
quel humble respect assistoit-il
aux sacrez Mysteres ! avec quelle docilité écoutoit-il les ins-
tructions salutaires des Pré-
dicateurs Evangeliques ! avec
quelle soumission adoroit-il les
œuvres de Dieu que l'esprit
humain ne peut comprendre !
Vray adorateur en esprit & en

K vj

vérité ; cherchant le Seigneur,
felon le confeil du Sage, dans
la fimplicité du cœur ; ennemi
irréconciliable de l'impiété ; é-
loigné de toute fuperftition, &
incapable d'hypocrifie.

A peine a-t-il embraffé la
faine doctrine, qu'il en devient
le défenfeur : auffitoft qu'il eft
reveftu des armes de lumiere, il
combat les œuvres de tenébres :
il regarde en tremblant l'abif-
me d'où il eft forti , & il tend
la main à ceux qu'il y a laiffez.
On diroit qu'il eft chargé de
ramener dans le fein de l'Eglife tous ceux que le fchifme en
a feparez : il les invite par fes
confeils, il les attire par fes bienfaits, il les preffe par fes raifons,
il les convainc par fes expé-
riences ; il leur fait voir les é-

cueïls où la raison humaine
fait tant de naufrage ; & leur
montre derriere luy, selon les
termes de Saint Augustin, le
pont de la miséricorde de Dieu,
par où il vient de passer luy-
mesme. Tantost il allume le zele des Docteurs, & les exhor-
te d'opposer au faste du men-
songe, la force de la verité.
Tantost il leur découvre ces
voyes douces & insinuantes,
qui gagnent le cœur, pour gagner l'esprit. Tantost il fournit,
selon son pouvoir, les fonds
necessaires pour assister ceux
qui abandonnent tout pour suivre JESUS-CHRIST qui les
appelle. Vous le sçavez, Eves-
ques confidens de son zele : tout
occupé qu'il est dans le cours
de ses dernieres actions de guer-

re, il concerte avec vous des
entreprises de Religion, & n'ou-
blie rien de ce qui peut contri-
buer, ou à inftruire ceux qu'une
longue prévention aveugle, ou
à gagner ceux que la cupidité
& l'intereft retiennent encore
dans leurs erreurs; digne fils de
cette Eglife, dont la charité
s'étend à tout, à l'imitation de
celle de Dieu, & qui procure
à fes enfans, outre l'héritage
éternel, le foulagement mefme
de leurs néceffitez temporelles.

Telle eftoit la difpofition de
fon ame, Messieurs, lors
que la Providence de Dieu permit que le Roy juftement irrité
alla porter la guerre au milieu
des Eftats d'une République in-
jufte & ingrate, & fit fentir la

force de ſes armes à ceux qui
mépriſoient ſes bienfaits, & qui
vouloient s'oppoſer à ſa gloire.
Ce fut alors que noſtre Héros
reprit les armes, & qu'à la ſuite de ſon Maiſtre, & à la teſte de ſes armées, il expoſa ſon
ſang dans une guerre non-ſeule-
ment heureuſe, mais ſainte, où
la victoire avoit peine à ſuivre
la rapidité du vainqueur, & où
Dieu triomphoit avec le Prince. Quelle eſtoit ſa joye, lors
qu'aprés avoir forcé des villes,
il voyoit ſon illuſtre Neveu, *Arnhem,*
plus éclatant par ſes vertus que *Nimegue,*
les Forts de
par ſa Pourpre, ouvrir & ré- *Burik, de*
concilier des Egliſes! Sous les *Skein, &c.*
ordres d'un Roy auſſi pieux
que puiſſant, l'un faiſoit proſ-
perer les armes, l'autre étendoit
la Religion : l'un abbatoit des

remparts, l'autre redreſſoit des
autels: l'un ravageoit les terres des Philiſtins, l'autre portoit l'Arche autour des pavil-
lons d'Iſraël: puis uniſſant enſemble leurs vœux, comme
leurs cœurs eſtoient unis, le Neveu avoit part aux ſervices que
l'Oncle rendoit à l'Eſtat, &
l'Oncle avoit part à ceux que le
Neveu rendoit à l'Egliſe.

Suivons ce Prince dans ſes
dernieres Campagnes, & regar-
dons tant d'entrepriſes difficiles,
tant de ſuccés glorieux, comme des preuves de ſon courage, & des récompenſes de ſa
pieté. Commencer ſes journées
par la priere, réprimer l'impieté & les blaſphêmes, proteger les perſonnes & les choſes ſaintes contre l'inſolence &

l'avarice des soldats, invoquer dans tous les dangers le Dieu des armées : c'est le devoir & le soin ordinaire de tous les Capitaines. Pour luy, il passe plus avant. Lors mesme qu'il commande aux troupes, il se regarde comme un simple soldat de JESUS-CHRIST. Il sanctifie les guerres par la pureté de ses intentions, par le desir d'une heureuse Paix, par les loix d'une discipline Chrestienne. Il considere ses soldats comme ses freres, & se croit obligé d'exercer la charité dans une profession cruelle, où l'on pert souvent l'humanité mesme. Animé par de si grands motifs, il se surpasse luy-mesme, & fait voir que le courage devient plus ferme, quand il est soustenu

par des principes de Religion;
qu'il y a une pieufe magnani-
mité, qui attire les bons fuccés,
malgré les perils & les obfta-
cles; & qu'un guerrier eft invin-
cible, quand il combat avec
Foy, & quand il prefte des
mains pures au Dieu des batailles qui les conduit.

Comme il tient de Dieu toute fa gloire, auffi la luy rappor-
te-t-il toute entiere, & ne con-
çoit autre confiance que celle
qui eft fondée fur le nom du
Seigneur. Que ne puis-je vous
reprefenter icy une de ces importantes occafions où il attaque avec peu de troupes toutes les forces de l'Allemagne!
Il marche trois jours, paffe trois
rivieres, joint les ennemis, les
combat, & les charge. Le nom-

*Combat
d'Eintzein.*

ore d'un cofté, la valeur de l'autre, la fortune eft long - temps
douteufe ; enfin le courage arrefte la multitude, l'ennemi
s'ébranle, & commence à plier.
Il s'éleve une voix, qui crie:
Victoire. Alors ce Général fuf-
pend toute l'émotion que donne l'ardeur du combat ; & d'un
ton févere, *Arreftez*, di -il, *noftre
fort n'eft pas en nos mains ; &
nous ferons nous - mefmes vaincus, fi le Seigneur ne nous favo-
rife.* A ces mots, il leve les yeux
au Ciel, d'où luy vient fon fecours ; & continuant à donner
fes ordres, il attend avec foumiffion, entre l'efpérance & la
crainte, que les ordres du Ciel
s'exécutent.

Qu'il eft difficile, MES-
SIEURS, d'eftre victorieux, &

d'eſtre humble tout enſemble !¿
Les proſperitez militaires laiſſent dans l'ame je ne ſçay quel
plaiſir touchant, qui la remplit,
& l'occupe toute entiere. On
s'attribuë une ſupériorité de
puiſſance & de force ; on ſe
couronne de ſes propres mains ;
on ſe dreſſe un triomphe ſecret
à ſoy-meſme ; on regarde, comme ſon propre bien, ces lauriers
qu'on cueïlle avec peine , &
qu'on arroſe ſouvent de ſon
ſang : & lors meſme qu'on rend
à Dieu de ſolennelles actions
de graces , & qu'on pend aux
voûtes ſacrées de ſes Temples
des drapeaux dechirez & ſan-
glans qu'on a pris ſur les Ennemis , qu'il eſt dangereux que
la vanité n'étouffe une partie
de la reconnoiſſance , qu'on ne

mesle aux vœux qu'on rend au
Seigneur des applaudissemens
qu'on croit se devoir à soy-mesme, & qu'on ne retienne au
moins quelques grains de cét
encens qu'on va brusler sur ses
Autels!

C'estoit en ces occasions que
M. DE TURENNE, se dé-
pouïllant de luy-mesme, ren-
voyoit toute la gloire à celuy à
qui seul elle appartient legiti-
mement. S'il marche ; il re-
connoist que c'est Dieu qui le
conduit, & qui le guide: s'il
défend des Places ; il sçait
qu'on les défend en vain, si
Dieu ne les garde : s'il se retranche ; il luy semble que c'est
Dieu, qui luy fait un rempart,
pour le mettre à couvert de
tout insulte : s'il combat ; il

sçait d'où il tire toute sa force : & s'il triomphe ; il croit
voir dans le Ciel une main in-
visible qui le couronne. Rap-
portant ainsi toutes les graces
qu'il reçoit, à leur origine, il
en attire de nouvelles. Il ne
compte plus les ennemis qui
l'environnent ; & sans s'étonner de leur nombre, ou de
leur puissance , il dit avec le
Prophete : *Ceux-là se fient au*
nombre de leurs combatans & de
leurs chariots ; pour nous , nous
nous reposons sur la protection du
Tout-puissant. Dans cette fidelle
& juste confiance, il redouble
son ardeur, forme de grands
desseins, exécute de grandes
choses, & commence une Campagne qui sembloit devoir estre
fatale à l'Empire.

Psal. 19.

Il paſſe le Rhin, & trompe la vigilance d'un Général habile & prévoyant. Il obſerve les mouvemens des Ennemis. Il releve le eourage des Alliez. Il ménage la foy ſuſpecte & chancelante des voiſins. Il oſte aux uns la volonté, aux autres les moyens de nuire; & profitant de toutes ces conjonctures importantes, qui préparent les grands & glorieux évenemens, il ne laiſſe rien à la fortune, de ce que le conſeil & la prudence humaine luy peuvent oſter. Déja frémiſſoit dans ſon camp l'Ennemi confus & déconcerté. Déja prenoit l'eſſor, pour ſe ſauver dans les montagnes, cét Aigle, dont le vol hardi avoit d'abord effrayé nos provinces. Ces foudres de bronze, que l'enfer a inventez pour la deſtruction des hommes, tonnoient de tous coſtez, pour favoriſer, ou pour précipiter cette retraite; & la France en ſuſpens attendoit le ſuccés d'une entrepriſe, qui, ſelon toutes les regles de la guerre, eſtoit infaillible.

Helas! nous ſçavions tout ce que nous pouvions eſperer, & nous ne penſions pas à ce que nous devions craindre. La Providence divine nous cachoit un malheur plus grand que la perte d'une bataille. Il en devoit couſter une vie que chacun de nous euſt voulu racheter de la ſienne propre; & tout ce que nous pouvions gagner, ne valoit pas ce que nous allions perdre. O Dieu terrible, mais juſ-

Pſal. 65.

te en vos conseils, sur les enfans des hommes, vous dispo-
sez & des vainqueurs, & des
victoires! Pour accomplir vos
volontez, & faire craindre vos
jugemens, vostre puissance ren-
verse ceux que vostre puissance
avoit élevez. Vous immolez à
vostre souveraine grandeur de
grandes victimes, & vous fra-
pez, quand il vous plaist, ces
testes illustres, que vous avez
tant de fois couronnées.

N'attendez pas, Messieurs,
que j'ouvre icy une scene tra-
gique ; que je represente ce
grand Homme étendu sur ses
propres trophées ; que je découvre ce corps pasle & sanglant,
auprés duquel fume encore la
foudre qui l'a frapé ; que je fas-
se crier son sang comme celuy

L

d'Abel, & que j'expose à vos
yeux les tristes images de la Religion, & de la Patrie éplorées.
Dans les pertes mediocres, on
surprend ainsi la pitié des Au-
diteurs, & par des mouvemens
étudiez on tire au moins de
leurs yeux quelques larmes vaines & forcées. Mais on décrit
sans art, une mort qu'on pleure
sans feinte. Chacun trouve en
soy la source de sa douleur, &
r'ouvre luy-mesme sa playe ; &
le cœur, pour estre touché, n'a
pas besoin que l'imagination
soit émeüe.

Peu s'en faut que je n'inter-
rompe icy mon discours. Je me
trouble, MESSIEURS: Tu-
RENNE meurt, tout se con-
fond, la Fortune chancele, la
Victoire se lasse, la Paix s'éloi-

gne, les bonnes intentions des
Alliez se rallentissent, le courage des troupes est abbatu par
la douleur & ranimé par la
vengeance, tout le Camp demeure immobile. Les blessez
pensent à la perte qu'ils ont faite, & non pas aux blesseûres
qu'ils ont receûës. Les peres
mourans envoyent leurs fils
pleurer sur leur Général mort.
L'Armée en deüil est occupée à
luy rendre les devoirs funébres:
& la Renommée, qui se plaist à
répandre dans l'univers les accidens extraordinaires, va remplir toute l'Europe du recit glorieux de la vie de ce Prince,
& du triste regret de sa mort.
Que de soupirs alors, que de
plaintes, que de loüanges re-
tentissent dans les villes, dans

la campagne ! L'un voyant croiftre fes moiffons, benit la memoire de celuy à qui il doit l'efperance de fa récolte. L'au-tre, qui joüit encore en repos de l'héritage qu'il a receû de fes Peres, fouhaite une éter-nelle paix à celuy qui l'a fauvé des defordres & des cruautez de la guerre. Icy l'on offre le Sacrifice adorable de JESUS-CHRIST pour l'ame de celuy qui a facrifié fa vie & fon fang pour le bien public. Là on luy dreffe une pompe funébre, où l'on s'attendoit de luy dreffer un triomphe. Chacun choifit l'endroit qui luy paroift le plus éclatant dans une fi belle vie. Tous entreprennent fon élo-ge ; & chacun s'interrompant luy-mefme par fes foupirs, &

par ses larmes, admire le passé, regrete le present, & tremble pour l'avenir. Ainsi tout le Royaume pleure la mort de son défenseur; & la perte d'un homme seul est une calamité publique.

Pourquoy, mon Dieu, si j'ose répandre mon ame en vostre presence, & parler à vous, moy qui ne suis que poussiere & que cendre ; pourquoy le perdons-nous dans la nécessité la plus pressante, au milieu de ses grands exploits, au plus haut point de sa valeur, dans la maturité de sa sagesse ? Est-ce qu'aprés tant d'actions dignes de l'immortalité, il n'avoit plus rien de mortel à faire ? Ce temps estoit-il arrivé, où il devoit recueïllir le fruit

de tant de vertus chreftiennes,
& recevoir de vous la couronne de juftice, que vous gardez
à ceux qui ont fourni une glorieufe carriere ? Peut-eftre a-
vions-nous mis en luy trop de
confiance ; & vous nous défen-
dez dans vos Ecritures de nous
faire un bras de chair, & de
nous confier aux enfans des
hommes. Peut-eftre eft-ce une
punition de noftre orgueïl, de
noftre ambition, de nos injuftices. Comme il s'éleve du
fond des valées, des vapeurs
groffieres, dont fe forme la
foudre qui tombe fur les montagnes, il fort du cœur des
peuples des iniquitez, dont
vous déchargez les chaftimens
fur la tefte de ceux qui les
gouvernent, ou qui les défen-

Paralip. l. 2.
c. 32.

dent. Je ne viens pas, Seigneur, ſonder les abiſmes de vos ju-gemens, ni découvrir ces reſ-ſorts ſecrets & inviſibles, qui font agir voſtre miſéricorde, ou voſtre juſtice : je ne veux, & ne dois que les adorer. Mais vous eſtes juſte : vous nous af-fligez; & dans un ſiecle auſſi corrompu que le noſtre, nous ne devons chercher ailleurs que dans le déréglement de nos mœurs, toutes les cauſes de nos miſeres.

Tirons donc, MESSIEURS, tirons de noſtre douleur des motifs de pénitence, & ne cher-chons qu'en la pieté de ce grand homme de vrayes & ſo-lides conſolations. Citoyens, Etrangers, Ennemis, Peuples, Rois, Empereurs le plaignent,

L iiij

& le révérent : mais que peuvent-ils contribuër à son véritable bonheur ? Son Roy mesme, & quel Roy ! l'honore de ses regrets & de ses larmes ; grande & précieuse marque de tendresse & d'estime pour un sujet , mais inutile pour un Chrestien. Il vivra, je l'avoûë, dans l'esprit & dans la mémoire des hommes : mais l'Ecriture m'apprend que ce que l'homme pense , & l'homme luy-mesme, n'est que vanité. Un magnifique tombeau renfermera ses tristes dépouïlles : mais il sortira de ce superbe monument , non pour estre loûé de ses exploits héroïques, mais pour estre jugé selon ses bonnes ou mauvaises œuvres. Ses cendres seront meslées avec

Psal 93.
Psal. 38.

celles de tant de Rois qui gou-
vernerent ce Royaume, qu'il
a si généreusement défendu :
mais aprés tout, que leur res-
te-t-il à ces Rois, non plus
qu'à luy, des applaudissemens
du monde, de la foule de leur
Cour, de l'éclat & de la pompe de leur fortune, qu'un si-
lence éternel, une solitude af-
freuse, & une terrible attente
des jugemens de Dieu, sous ces
marbres précieux qui les couvrent? Que le monde honore
donc comme il voudra les grandeurs humaines : Dieu seul est
la récompense des vertus chres-
tiennes.

O mort trop soudaine, mais
pourtant par la miséricorde du
Seigneur depuis long-temps
préveüë ; combien de paroles

L v

édifiantes, combien de faints exemples nous as-tu ravis? Nous euffions veû, quel fpecta- cle! au milieu des victoires & des triomphes, mourir hum- blement un Chreftien. Avec quelle attention euft-il employé fes derniers momens à pleurer intérieurement fes erreurs paf- fées, à s'anéantir devant la Majefté de Dieu, & à implo- rer le fecours de fon bras, non plus contre des ennemis vifi- bles, mais contre ceux de fon falut! Sa Foy vive & fa Chari- té fervente nous auroient fans doute touchez; & il nous ref- teroit un modelle d'une con- fiance fans préfomption, d'u- ne crainte fans foibleffe, d'une pénitence fans artifice, d'une conftance fans affectation, &

d'une mort précieufe devant Dieu & devant les hommes.

Ces conjectures ne font-elles pas juftes, MESSIEURS? Que dis-je, conjectures? c'eftoient des deffeins formez. Il avoit réfolu de vivre auffi faintement, que je préfume qu'il fuft mort. Preft à jetter toutes fes cou-ronnes au pied du Trône de JESUS-CHRIST, comme ces vainqueurs de l'Apocalypfe ; préft à ramaffer toute fa gloire, pour s'en dépouïller par une re-traite volontaire, il n'eftoit dé-ja plus du monde, quoy-que la Providence l'y retint encore. Dans le tumulte des Armées, ils s'entretenoit des douces & fecretes efpérances de fa folitu-de. D'une main il foudroyoit les Amalécites , & il levoit déja

Apocal. c. 4.

l'autre pour attirer fur luy les bénédictions celeftes. Ce Jofué dans le combat faifoit déja la fonction de Moyfe fur la montagne; & fous les armes d'un Guerrier, portoit le cœur, & la volonté d'un Pénitent.

Seigneur, qui éclairez les plus fombres replis de nos confciences, & qui voyez dans nos plus fecretes intentions ce qui n'eft pas encore, comme ce qui eft, recevez dans le fein de voftre gloire cette Ame, qui bientoft n'euft efté occupée que des penfées de voftre Eternité. Recevez ces defirs que vous luy aviez vous-mefme infpirez. Le temps luy a manqué, & non pas le courage de les accomplir. Si vous demandez des œuvres avec fes defirs: voilà des chari-

...rez qu'il a faites , ou deſtinées
pour le ſoulagement & pour le
ſalut de ſes freres ; voilà des a-
mes égarées, qu'il a ramenées
à vous par ſes aſſiſtances, par
ſes conſeils, par ſon exemple ;
voilà ce ſang de voſtre peuple,
qu'il a tant de fois épargné ;
voilà ce ſang qu'il a ſi généreu-
ſement répandu pour nous ; &
pour dire encore plus, voilà le
Sang que Jesus-Christ a
verſé pour luy.

Miniſtres du Seigneur, achevez le ſaint Sacrifice. Chreſtiens, redoublez vos vœux, &
vos prieres ; afin que Dieu,
pour récompenſe de ſes travaux, l'admette dans le ſéjour
du repos éternel , & donne
dans le Ciel une paix ſans fin,
à celuy qui nous en a trois fois

procuré une fur la terre, paf-
fagere à la verité, mais toûjours douce, & toûjours defi-
rable.

ORAISON FUNEBRE

DE MONSIEUR

LE PREMIER PRÉSIDENT

DE LAMOIGNON.

PRONONCÉE A PARIS
dans l'Eglise de Saint Nicolas
du Chardonnet le 18.
Février 1679.

ORAISON FUNEBRE

DE MONSIEUR

DE LAMOIGNON.

Diligite juftitiam, qui judicatis terram; fentite de Domino in bonitate; & in fimplicitate cordis quærite illum. *Sap. c. 1. v. 1.*

Aimez la juftice, Juges de la terre; ayez des fentimens conformes à la bonté de Dieu; & cherchez-le dans la fimplicité du cœur.

JE ne viens pas icy, Messieurs, renouveller dans vos efprits le trifte fouvenir d'u-

ne mort que vous avez déja
pleurée. Laiſſons aux Infidelles
ces longues & ſenſibles douleurs que la Religion ne mo-
dere pas. Comme leurs pertes ſont irréparables, leur triſteſſe peut eſtre ſans bornes; &
comme ils n'ont point d'eſpe-
rance, ils n'ont pas auſſi de
conſolation. Pour nous à qui
Dieu, par ſa grace, a révelé

Eccl. 3.
Pſal. 79.
Eccl. 22.

ſes veritez, nous avons leû dans
ſes Ecritures, qu'il y a un temps
de pleurer, & une meſure de
larmes ; que le Soleil qui ne
doit jamais ſe coucher ſur noſtre colere, ne doit pas ſe coucher plus de ſept fois ſur noſtre affliction; & que la meſme
charité qui nous fait regreter
la mort des Fidelles, nous fait
eſpérer leur réſurrection , &

nous invite à nous réjoüir de leur bonheur.

Pourquoy r'ouvrirois-je donc une playe que le temps & la raiſon doivent avoir déja fermée? N'attendez pas, Messieurs, que je déplore icy le néant & la miſere des hommes : je ne viens que loüer la grandeur & la miſéricorde du Seigneur. Je veux vous apprendre à chercher Dieu dont la durée eſt éternelle, & non pas à vous affliger pour des créatures qui finiſſent : & dans l'éloge que j'entreprens de Messire Guillaume de Lamoignon Premier Président du Parlement, ce n'eſt pas mon deſſein d'exagerer la perte que vous avez faite d'un homme juſte ; mais de vous porter à aimer comme luy la Justice, *Diligite justitiam, &c.*

Dans ces jours de trouble & de deuil, où l'on se sent comme frapé du spectacle sensible d'une mort récente & inopinée, on se renferme tout en soy-mesme, & l'on s'occupe de sa douleur. Si l'on fait quelques réfléxions, c'est en général sur l'inconstance & sur la vanité des choses humaines, sans descendre jusqu'à ses propres defauts, ou à ses infirmitez particulieres. On cherche à se consoler plûtost qu'à s'instruire ; & si l'on parle des bonnes œuvres de ceux qui sont morts, c'est pour justifier les larmes qu'on verse pour eux, plûtost que pour profiter de leurs exemples.

Mais il est temps de nous élever par la Foy au dessus des foiblesses de la nature. C'est peu
de reconnoistre la necessité de
mourir, l'importance mesme de
bien mourir, si l'on n'en tire
des motifs & des consequen-
ces pour bien vivre; & c'est en
vain qu'on croit honorer la memoire des gens-de-bien qui
sont décedez, si l'on ne va recueillir les restes de leur esprit,
sur ces tombeaux où l'on rend
des honneurs funébres aux tristes dépouilles de leur corps
mortel.

C'est dans cette veüë, M ES-
SIEURS, que je dois vous re-
presenter aujourd'huy un Magistrat qui n'a rien ignoré, ni
rien negligé dans son Ministe-
re, & qu'aucun interest ne dé-

tourna jamais du droit chemin de l'équité ; un homme doux & fecourable, qui a fceû tempe-rer l'aufterité des Loix & de la Juftice, par tous les adouciffe-mens qu'infpirent la mifericor-de & la charité ; un Chreftien qui a confacré fes vertus mo-rales & politiques par une piété fimple & fincere. Je laiffe à Dieu, qui feul eft le maiftre du cœur des hommes, & qui les touche quand il veut par l'efficace qu'il donne aux bons exemples, à graver dans vos cœurs ces fentimens de droitu-re, de bonté, & de religion que je vous propofe. Pour moy, je ne puis que vous redire de fa part ces paroles de mon texte, *Ai-mez la Juftice, ayez des fenti-mens conformes à la bonté du Sei-*

gneur, & cherchez-le dans la sim-
plicité du cœur.

Dieu, dont la Providence
destine les Juges pour gouver-
ner son peuple, comme elle destine les Prestres pour le sancti-
fier, & qui conduit les uns &
des autres par les sentiers de sa
Justice, & par la voye de sa
severité ; Dieu, Messieurs,
disposa luy-mesme, par une
heureuse naissance, M. de
Lamoignon à porter ses
choix, & à exercer ses Jugemens
dans le plus auguste Senat du
monde.

Il naquit d'une des plus nobles & plus anciennes Maisons
du Nivernois, qui aprés s'estre
distinguée dans les emplois militaires avant le Regne mesme

de Saint Loûis, entrant depuis
fous Henri I I. dans les premieres dignitez de la Robe, a
fouftenu dans le Parlement la
gloire qu'elle avoit aquife dans
les armées; & quoy - qu'elle ait
changé de profeffion, n'a rien
diminué de l'éclat & de la grandeur de fon origine : femblable
à ces fleuves, qui trouvant de
nouvelles pentes , & fe creu-
fant avec le temps un nouveau canal, vont arrofer d'autres campagnes, & ne perdent
rien de l'abondance ni de la
pureté de leurs eaux , encore
qu'ils ayent changé de lit & de
rivage.

Mais ne loûons de fa naiffance que ce qu'il en loûa luy-
mefme, & difons, qu'il fortoit
d'une famille où l'on ne femble
naiftre

naiftre que pour exercer la juftice & la charité; où la vertu fe
communique avec le fang, s'en-
tretient par les bons confeils,
s'excite par les grands exemples; où les peres ont plus de
foin du falut de leurs héritiers
que de l'accroiffement de leurs
héritages; où les enfans aiment
mieux fucceder à la probité
qu'à la fortune de leurs peres;
& où la crainte de Dieu, la mifericorde & la paix font les regles de la difcipline domeftique.

Privé, dans fes jeunes ans,
de l'inftruction & des fecours
d'un pere dont il n'avoit fait
qu'entrevoir les bons exemples,
& dont il devoit long-temps
reffentir la perte, il demeura
fous la conduite d'une mere
que les pauvres avoient toû-

M

jours regardée comme la leur.
Auſſi la tendreſſe qu'elle eût
pour l'un ne diminua pas la pitié qu'elle avoit des autres : elle
crut que ſes aumoſnes ne ſe-
roient pas infructueuſes ; qu'elle recueilleroit dans ſa famille
ce qu'elle ſemoit dans les hoſpitaux ; qu'ayant ſoin des pauvres de JESUS-CHRIST,
JESUS-CHRIST auroit ſoin
de ſes enfans ; & qu'elle ne
pouvoit leur apprendre rien de
plus important que les maximes Evangeliques, ni leur laiſ-
ſer un bien plus ſolide que la
ſucceſſion de ſa charité.

Ses eſperances ne furent pas
trompées, MESSIEURS : Dieu
préſida luy-meſme à l'éducation de ce fils qu'elle luy avoit
tant de fois offert. Il le pré-

vint de ses bénédictions spiri-
tuelles, & luy fit éviter par sa
grace ces dangereuses passions
qui font comme les écueils où
l'ardeur de l'âge, la licence du
siecle, la corruption de la nature, le mauvais exemple, &
souvent le mauvais conseil,
poussent une jeunesse inconsi-
derée.

Aussi remarqua-t-on bien-
tost en luy tout ce qui fait les
grands Magistrats : un cœur docile pour recevoir les impres-
sions de la verité, noble pour
s'élever au dessus des passions
& des interests, tendre pour assister les malheureux, ferme
pour résister à l'iniquité : un
esprit avide de tout sçavoir,
& capable de tout apprendre ;
prompt à concevoir les matie-

res les plus élevées, heureux à les exprimer quand il les avoit une fois conceûës ; discernant non-seulement le bon d'avec le mauvais , mais encore le meilleur d'avec le bon ; appliqué à examiner les difficultez, & à les résoudre; à chercher la verité, & à la suivre, après qu'il l'avoit découverte; à connoistre tout, & à tirer toûjours quelque fruit de ses connoissances. Cette sagesse avancée le fit dispenser des regles ordinaires de l'âge. On connut la maturité de son jugement, & l'on ne compta pas le nombre de ses années ; il s'assit à dix-huit ans avec les Anciens d'Israël, & se mit à juger comme eux les différends qui naissent parmi le peuple.

Ne croyez pas, Messieurs, qu'il fuſt entré ſans vocation dans le Sanctuaire de la Juſtice. Il ſçavoit que les premieres Loix qu'il faut étudier ſont celles de la Providence ; que la Judicature eſt une eſpece de Sacerdoce, où il n'eſt pas permis de s'engager ſans l'ordre du Ciel; & que Jesus-Christ n'a pas moins eſté fait Juge que Pontife par ſon Pere. Auſſi avant que d'entrer dans les Charges, il voulut en connoiſtre les devoirs. Le premier Tribunal où il monta, fut celuy de ſa conſcience, pour y fonder le fond de ſes intentions. Il n'écouta ni l'orgueïl, ni l'ambition, ni l'avarice. Il conſulta Dieu, à qui appartient le conſeil & l'équité ; & Dieu luy

M iij

marqua la route qu'il vouloit luy faire fuivre.

Ce fut alors que fe confidérant dans une profeffion où les queftions font fi différentes, & les droits fi difficiles à démefler, où l'on décide des biens, de l'honneur, & de la vie des hommes, & où les fautes ne font jamais petites, & font prefque toûjours irréparables, il ne craignit rien tant que l'erreur dans fes Jugemens. Il paffa les jours & les nuits à l'étude : & quel progrés n'y fait-on pas, quand on fouftient de longues veilles par la fanté & par la conftance, quand, outre fes propres lumieres, on a le confeil & la communication des grands hommes, & quand on joint à l'affiduité du travail la facilité du génie? Il auroit crû manquer à la partie la plus esfentielle de son estat, si comme il sentoit ses intentions droites, il ne les rendoit éclairées. Aussi disoit-il ordinairement, qu'il y avoit peu de différence entre un Juge méchant, & un Juge ignorant. L'un au moins a devant ses yeux les régles de son devoir & l'image de son injustice; l'autre ne voit ni le bien ni le mal qu'il fait: l'un péche avec connoissance, & il est plus inexcusable; mais l'autre péche sans remords, & il est plus incorrigible. Mais ils sont également criminels à l'égard de ceux qu'ils condamnent ou par erreur, ou par malice. Qu'on soit blessé par un furieux, ou par un aveugle,

on ne fent pas moins fa blef-
feûre; & pour ceux qui font
ruinez, il importe peu que ce
foit ou par un homme qui les
trompe, ou par un homme qui
s'eft trompé.

Ces réfléxions, Messieurs,
redoublerent fon ardeur. Il a-
quit une parfaite connoiſſance
du Droit humain & du Droit
divin, une intelligence profon-
de des Loix & de la Couſtume, un uſage familier des formalitez & des procédures. Sçavans & immenſes recueïls où
il renferma la Juriſprudence ancienne & nouvelle, vous pour-
riez eſtre des témoins publics
de ce que je dis: du moins fe-
rez-vous entre les mains de fes
Deſcendans, comme un dé-
poſt facré, & un monument

précieux de son esprit & de son travail.

Ce seroit icy le lieu de vous le faire voir dans la Justice du Conseil, où son mérite l'avoit appellé, favorisant la bonne cause, décidant la douteuse, dévelopant la difficile, renonçant à tous ses plaisirs, hormis à celuy qu'il recevoit en accomplissant ses devoirs. Je le donnerois pour exemple à ceux qui renversant l'ordre des choses, se font une occupation de leurs amusemens, & qui ne donnent à leurs Charges que les restes d'une oisiveté languissante, comme s'ils n'estoient Juges que pour estre de temps en temps assis sur les fleurs de Lys, où ils vont peut-estre reserver à leurs divertissemens pas-

M v

fez dont ils ont l'imagination
encore remplie, ou réparer par
un mortel affoupiffement les
veilles qu'ils ont données à leurs
plaifirs.

Je ne veux que vous faire
fouvenir de la caufe célebre
de ces Eftrangers, que l'efpérance du gain avoit attirez des
bords du Levant, pour porter
en Europe les richeffes de l'A-
fie. Contre la liberté des mers
& la fidélité du commerce, des
Armateurs François leur a-
voient enlevé & leurs richeffes, & le vaiffeau qui les portoit. Ceux qui devoient les fecourir, aidoient eux-mefmes à
les opprimer. On avoit oublié
pour eux non-feulement cette
pitié commune qu'on a pour
tous les malheureux, mais en-

core cette politesse singuliere
que nostre Nation a coustume
d'avoir pour les Estrangers. E-
loignez de leurs amis par tant
de terres & par tant de mers,
dans un païs où l'on ne pouvoit les entendre, où l'on ne
vouloit pas mesme les écouter, ils eûrent recours à M. DE
LAMOIGNON, comme à un
homme incorruptible, qui pren-
droit le parti des foibles contre
les puissans, & qui débrouïlle-
roit ce cahos d'incidens & de
procédures dont on avoit enve-
lopé leur cause.

Il le fit, MESSIEURS: il al-
luma tout son zele contre l'avarice; il leva les voiles qui cou-
vroient ce mystere d'iniquité;
& rapporta durant trois jours
au Conseil du Roy cette affai-

re avec tant d'ordre & de net-
teté, qu'il fit reſtituer à ces
malheureux ce qu'ils croyoient
avoir perdu, & les obligea d'a-
voûër ce qu'ils avoient eû peine
à croire, qu'on pouvoit trouver
parmi nous de la fidélité & de la
juſtice.

Mais je paſſe à des choſes plus
importantes. Voyons-le dans
la premiere Charge du Parlement, & montrons par la dignité, comme diſoit un Ancien, quel a eſté l'homme qui
l'a poſſedée. Les Rois, en des
ſiecles plus innocens, furent
autrefois eux-meſmes les Juges
du peuple. Rappellez en voſtre
mémoire ces premiers âges de
la Monarchie. La fraude, l'ambition, l'intéreſt, vices encore
naiſſans & peu connus, avoient

à peine commencé d'alterer la bonne foy & l'heureuſe ſimplicité de nos peres. Ils vivoient la pluſpart contens de ce qu'ils avoient receû de la fortune, ou de ce qu'ils avoient aquis par leur travail. Comme ils poſſedoient leur propre bien ſans inquiétude, ils regardoient celuy des autres ſans envie. Leurs eſpérances ne s'étendoient pas au-delà de leur condition; & les bornes de leurs héritages eſtoient les bornes de leurs deſirs.

Comme les procés eſtoient rares, & qu'il ne falloit pour les juger que les principes communs d'une équité naturelle, les Souverains tenoient euxmeſmes leur Parlement. Ils deſcendoient du Trône pour monter fur le Tribunal ; & fe partageant entre le bien public & le repos des particuliers , aprés avoir calmé ces grandes tempeftes qui troublent les régions fuperieures de l'Eftat , ils venoient diffiper ces petits orages , qui s'élevent quelquefois dans les inferieures.

Mais depuis que la Juftice gemit fous un amas de loix & de formalitez embarraffées , & qu'on s'eft fait un art de fe ruiner les uns les autres par la chicane, les Rois n'ont pû fuffire à cette fonction. Occupez à fouftenir de longues & fanglantes guerres, à rompre des ligues que forme contre eux la jaloufie qu'on a de leur puiffance , à réünir une infinité d'intérefts; pour donner au monde une

paix durable, ils sont contraints
de remettre, comme Moyse, Exod. 18.
cette Justice tumultueuse à des
hommes sages qui craignent
Dieu, en qui se trouve la verité, & qui haïssent l'avarice.

L'importance, Messieurs,
c'est de leur choisir un Chef ;
& jamais choix ne fut plus loûable que celuy qu'on fit de M.
de Lamoignon. Quelles
pensez-vous que furent les
voyes qui le conduisirent à cette
fin ? La faveur ? Il n'avoit eû
d'autres relations à la Cour que
celles que luy donnerent ou
ses affaires, ou ses devoirs. Le
hazard ? On fut long-temps à
déliberer ; & dans une affaire
aussi délicate, on crut qu'il falloit tout donner au conseil, &

ne rien laisser à la fortune. La
cabale? il estoit du nombre de
ceux qui n'avoient suivi que
leur devoir; & ce parti, quoy-
que le plus juste, n'avoir pas
esté le plus grand. L'habileté à
se servir des conjonctures? Ces
temps difficiles estoient passez
où l'on donnoit les Charges par
nécessité plûtost que par choix,
& où chacun voulant profiter
des troubles de l'Estat, vendoit
cherement ou les services qu'il
pouvoit rendre, ou les moyens
qu'il avoit de nuire. La réputation qu'il s'estoit aquise dans
le Parlement & dans le Conseil, fut sa seule sollicitation
auprés des Puissances. Elles luy
déclarerent qu'il ne devoit son
élevation qu'à son mérite, &
qu'il n'auroit pas esté préferé,

si l'on euft connu dans le Royaume un fujet plus fidelle & plus capable de cét employ.

Quelle fut alors fon application ? Il crut que Dieu l'avoit mis dans le Palais comme Adam dans le Paradis, pour y travailler ; & répondit depuis à ceux qui le prioient de fe ménager, *Que fa fanté & fa vie eftoient au public, & non pas à luy.* Vous diray-je qu'il fe fit une religion d'écouter les raifons des parties, & de lire tous leurs mémoires, quelque longs & ennuyeux qu'ils puffent eftre, fans fe fier à ces extraits mal digerez, & fouvent tracez à la hafte par des mains infidelles, ou négligentes, qui confondent les droits, & défigurent une bonne caufe ? Vous diray-je

que s'eſtant engagé à ne donner
jamais les Rapporteurs qu'on
luy demandoit, il fit agréer à un
grand Miniſtre, & à une grande Reine, qu'il ne s'en diſpen-
ſaſt pas en leur faveur; oſtant
ainſi aux particuliers l'eſperan-
ce d'obtenir de luy, par im-
portunité, ou par amitié, ce
qu'il n'avoit accordé ni à la reconnoiſſance qu'il avoit pour
ſon Bienfaiteur, ni au reſpect
qu'il devoit à la plus grande
Reine du monde.

Paſſons de ſes actions à ſes
principes, & diſons qu'il ſe dé-
pouïlla de certains intereſts dé-
licats, qui ſont les ſources de
la foibleſſe & de la corruption
des hommes. Qu'il eſtoit éloigné de l'humeur de ces hommes vains & intereſſez qui n'ai-

ment la vertu que pour la réputation qu'elle donne, & qui n'auroient point de plaifir à bien faire, s'ils n'avoient l'art de faire valoir tout le bien qu'ils font! Il s'eftoit mis au deffus de ce faux honneur. S'il falloit faire réüffir une grande affaire, d'autres auroient choifi les moyens les plus éclatans ; il choififfoit les plus feûrs & les plus utiles. S'il devoit donner fes avis , il regardoit non pas ce qui feroit le plus approuvé, mais ce qu'il croyoit le plus équitable. Il ne fe piquoit pas d'eftre l'auteur des bonnes réfolutions qu'il avoit fait prendre ; c'eftoit affez pour luy qu'on les euft prifes.

Combien de projets a - t - il faits, ou réformez ? Combien

d'ouvertures a-t-il données?
Combien de ſervices a-t-il
rendus, dont il a dérobé la connoiſſance à ceux qui en ont
reſſenti les effets? Ainſi, utile
ſans intéreſt, vertueux ſans vou-
loir ſe faire honneur de ſa vertu, il s'aquita de ſes devoirs
pour la ſeule ſatisfaction de s'en
eſtre aquité; & ne voulut dans
toutes ſes actions d'autre regle
que ſa fidélité, d'autre but que
l'utilité publique, d'autre récompenſe que la gloire de bien
faire.

C'eſt dans ce meſme eſprit
qu'il mépriſa ſouvent les bruits
du vulgaire, & que ſe renfermant dans ſes bonnes intentions, il luy abandonna les apparences. Il crut qu'un Magiſtrat
devoit penſer, non pas à ce

de Monsieur de Lamoignon. 285

qu'on difoit de luy, mais à ce
qu'il fe devoit luy-mefme;& que
pour fervir le public, il falloit
quelquefois avoir le courage de
luy déplaire. C'eft ainfi que fuivant le confeil d'un des plus
grands hommes de l'Antiquité, Q. Fabius
il ne confidera ni la fauffe gloire, Max. apud
ni le faux deshonneur ; & que Liv. l. 2.
Decad 3.
ni les loûanges, ni les murmures ne purent jamais le détour-
ner de fon devoir.

C'eft par ce defintereffement
qu'il fe réferva cette liberté
d'efprit fi néceffaire dans la place qu'il occupoit. Car, Messieurs, qu'eft-ce qu'un premier Magiftrat, finon un homme fage , qui eft établi pour
eftre le cenfeur de la plufpart
des folies des hommes, & qui
voyant autour de luy toutes

les paſſions, n'en doit avoir aucune en luy-meſme ? L'un taſ-
che à l'émouvoir par des images affectées de ſa miſere ; l'autre travaille à l'ébloûir par des
apparences de droit, & par des
raiſons ſpecieuſes. Celuy-cy, par
des ſoupçons artificieux, veut
l'animer contre l'innocence de
ſa partie. Celuy-là employe
l'autorité, & quelquefois meſme l'amitié ; corruption d'autant plus dangereuſe, qu'elle
eſt plus douce. Chacun voudroit luy communiquer ſes pré-
ventions, luy dicter l'Arreſt qu'il
ſe dreſſe luy-meſme dans ſon
eſprit ſelon ſon caprice, & de
Juge qu'il eſt de ſa cauſe, en
faire le complice de ſa paſſion.
M. DE LAMOIGNON ſe ſauva
de tous ces piéges : il jugea com-

me les Loix jugent, par les seules regles de l'équité, & non pas
par aucune impreſſion étrangere.

Que ne puis-je vous faire
voir, du moins en éloignement,
des eſpérances rejettées, quand
elles ont pû l'engager à quelque baſſe complaiſance ? des
reſſentimens étouffez, lors qu'il
a eû le pouvoir de ſe venger ?
des reproches ſouſtenus conſ-
tamment, quand il a eû pour
luy le témoignage de ſa conſcience ? l'Amitié & le Reſpect
mis au deſſous de la Juſtice, &
ſa propre Réputation ſacrifiée
au bien public ? Icy, M E S-
S I E U R S, mon ſilence le loûë
plus que mes paroles. Il vous
paroiſt ſans doute plus grand
par les actions que je ne dis

pas, que par celles que j'ay
dites. La pofterité les verra,
quand le temps, qui devore
tout, aura rongé les voiles qui
les couvrent, & qu'il ne refte-
ra plus d'intéreft que celuy de
la verité. Cependant Dieu les
voit, & il en eft luy-mefme la
récompenfe.

Mais avons-nous befoin, pour
loûër fon inrégrité, de découvrir fes actions fecrétes ? En
cherchons-nous de témoignage
plus éclatant que celuy qu'en
donna le Roy, quand il con-
fentit que les premieres places
du Parlement fuffent occupées
par fa famille ? Il voulut donner cette marque extraordinaire de confiance à celuy de qui
il avoit receû tant de preuves
de fidelité. Il jugea que ceux
qui

qui appartenoient à ce grand homme, n'estoient capables de conspirer que pour son service & pour le bien de ses Sujets; & que recevant de plus prés les influences pures & lumineuses du Chef, ils les communiqueroient aprés à leur Compagnie.

Ainsi ne craignant pas pour eux ces conséquences dangereuses qu'il avoit sagement préveûës pour d'autres, il crut qu'il pouvoit violer une de ses loix en faveur de ceux qui feroient observer toutes les autres; & que les unir dans un mesme corps, ce n'estoit pas donner lieu à la corruption, ou renverser l'ordre, mais récompenser la vertu, & fortifier le parti de la justice. Les servi-

N

ces que chacun d'eux rend tous
les jours dans ses fonctions, jus-
tifient assez le jugement qu'en
a fait le Prince. N'avois-je pas
raison de vous exhorter à imiter la sagesse & l'équité de ce
célebre Magistrat? Je ne suis
pas moins fondé à vous dire,
*Imitez, comme luy, la bonté de
Dieu.*

C'est une verité, M E s-
s I E u R s, & J E s u s-C h r i s t
mesme nous l'enseigne dans son
Evangile, que la bonté, à proprement parler, est le caractere de Dieu seul ; soit parce
qu'il n'appartient qu'à luy de
se communiquer aux hommes
par cette varieté de dons & de
graces qui sont les tresors de
sa miséricorde, & les richesses

*Nemo bo-
nus, nisi so-
lus Deus.
Marc. c. 10.*

de ſa bonté ; ſoit parce qu'eſtant infiniment puiſſant, comme il eſt infiniment bon , il
veut tout le bien qu'il peut faire, & il fait tout le bien qu'il
veut. Toutefois il s'éleve dans
tous les temps certaines ames
bienfaiſantes, qui ſervant comme d'inſtrument à cette bonté
ſouveraine , ne donnent d'autres bornes à leur charité, que
celles que Dieu a données à
leur pouvoir.

Tel eſtoit M. DE LAMOI-
GNON. S'il m'eſtoit libre d'al-
léguer icy ces expreſſions vives
& nobles dont il s'eſt ſervi
pour exprimer les néceſſitez des
peuples , vous verriez combien il eſtoit ſenſible à toutes leurs peines. Je laiſſe ces
Audiences ſecretes, où la ve-

rité prudente, mais courageu-
se, a souftenu dans les occafions l'autorité des Loix & de
la Juftice. Il ne m'appartient
pas de réveler ce qui s'eft paffé dans le Sanctuaire. Je parle
de ces remontrances, où mef-
lant le refpect que doit un Sujet à fon Souverain avec cette
confiance que doit avoir un
Magiftrat qui porte la parole
de la Juftice devant le Roy
du monde le plus jufte, il a
parlé des interefts publics felon les régles de fa confcience.

Mais il faudroit avoir fa prudence, pour ne dire que ce
qu'il faut; fon éloquence, pour
le dire efficacement ; fa voix
& fon action, pour conferver
tout le poids & toute la grace

qu'il avoit accoustumé de donner à ses paroles.

Voyons-le dans l'exercice ordinaire de sa Charge. Eloignez de vos esprits cette idée qu'on a d'ordinaire de la Justice, qu'elle doit estre toûjours aveugle, toûjours effrayante, toûjours armée. Il la rendit, sans l'amolir, douce & traitable. Il leva le bandeau qui fermoit ses yeux, & luy laissa jetter des regards de pitié sur les misérables; & sans luy retrancher aucun de ses droits, il luy osta toute sa rudesse. Je puis attester icy la foy publique. Ceux qui eûrent besoin de son secours, trouverent-ils jamais entre eux & luy des barrieres impénétrables? Fallut-il essuyer à sa porte de mauvaises heures, pour attendre un de fes momens commodes? Fut-il jamais inacceſſible, je ne dis pas à fes amis, je dis aux indiſcrets & aux importuns? Refuſa-t-il à quelqu'un la liberté de luy dire les choſes néceſſaires? n'accorda-t-il pas à pluſieurs la conſolation de luy en dire de ſuperfluës? Quelqu'un luy parlant d'une affaire, put-il, par quelque marque de chagrin ou d'impatience, s'appercevoir qu'il en euſt d'autres? Affligea-t-il les malheureux, & leur fit-il acheter, par quelque dureté, la juſtice qu'il leur a renduë? Je parle avec d'autant plus de confiance, que j'ay pour témoins de ce que je dis la plufpart de ceux qui m'entendent.

Il ne régla jamais sur la faveur ou sur la disgrace des personnes, le bon ou le mauvais accueil qu'il leur vouloit faire. Il écoutoit avec patience, & répondoit avec douceur. *N'adjoustons-pas, a-t-il dit souvent, au malheur qu'ils ont d'avoir des procés, celuy d'estre mal receûs de leurs Juges : nous sommes établis pour examiner leur droit, & non pas pour éprouver leur patience.* Loin d'icy ces Juges severes, qui, selon le langage du Prophete, rendent les fruits de la Justice amers comme de l'absynte ; qui perdent le mérite de leur équité par leur austerité chagrine ; & qui fiers de leur pouvoir, & mesme de leur vertu, redoutables indifféremment aux innocens & aux cou-

Amos c. 6.

N iiij

pables, font croire qu'ils ne
rendent la Juftice aux uns qu'à
regret, & aux autres qu'avec
colere. Celuy que nous loûons
avoit une conduite bien diffé-
rente. Il ne rebuta jamais perfonne. Favorable à ceux qui
méritoient fa protection, civil
à ceux à qui il ne pouvoit eftre
favorable, il faifoit connoiftre
aux bons qu'il euft voulu les
fatisfaire fans leur donner la
peine de folliciter, & aux mé-
chans qu'il euft voulu les corriger, fans avoir le déplaifir de
les punir.

Combien de fois a-t-il effayé
de banir du Palais ces lenteurs
affectées, & ces détours prefque infinis, que l'avarice a inventez, afin de faire durer les
procés par les Loix mefmes

qu'on a faites pour les finir, &
de profiter en meſme temps
des dépouïlles de celuy qui
perd & de celuy qui gagne ſa
cauſe ? Combien de fois a - t - il
arreſté la licence de ceux, qui,
ſur la foy & ſur la tradition
des ennemis & des envieux ,
débitent impunément en plai-
dant des médiſances, & qui
par des railleries piquantes, taſ-
chent de rendre au moins ri-
dicules, ceux qu'ils ne peuvent
rendre criminels ? Combien de
fois, par des accommodemens
raiſonnables, a - t - il arreſté le
cours de ces diviſions qui paſſent des peres aux enfans, &
qui ſe perpetuent dans les familles ?

Peut-eſtre doutez-vous, Messieurs, qu'eſtant éloigné des

N v

yeux du public, il fut encore
égal à luy-mesme? Entrons
dans fa vie privée. Que ne puis-
je vous le montrer parmi ce
nombre de gens choifis, qui
formoient chez luy une Affem-
blée, que le fçavoir, la politef-
fe, l'honnefteté rendoient aufi
agréable qu'utile? C'eft-là que
ne fe réfervant de fon autorité
que cét afcendant que luy donnoit fur le refte des hommes la
facilité de fon humeur, & la
force de fon efprit, il commu-
niquoit fes lumieres, & profi-
toit de celles des autres. C'eft-
là qu'il a fouvent éclairci les
matieres les plus embrouïllées,
& que fur quelque genre d'é-
rudition que tombaft le difcours, on euft dit qu'il en avoit
fait fon occupation & fon étu-

de particuliere. C'eſt-là qu'a-
prés avoir écouté les autres, il
reprenoit quelquefois les ſujets
qu'on croyoit avoir épuiſez, &
que recueïllant les épics qu'on
avoit laiſſez aprés la moiſſon,
il en faiſoit une récolte plus
abondante que la moiſſon meſme.

Que ne puis-je vous le re-
preſenter tel qu'il eſtoit, lors
qu'aprés un long & pénible travail, loin du bruit de la ville, &
du tumulte des affaires, il alloit
ſe décharger du poids de ſa dignité, & joüir d'un noble repos dans ſa retraite de Baville?
Vous le verriez tantoſt s'adon-
nant aux plaiſirs innocens de
l'agriculture, élevant ſon eſprit
aux choſes inviſibles de Dieu
par les merveilles viſibles de la

nature. Tantoſt méditant ces
éloquens & graves diſcours
qui enſeignoient, & qui inſpi-
roient tous les ans la juſtice,
& dans leſquels formant l'idée
d'un homme de bien, il ſe dé-
crivoit luy-meſme ſans y penſer. Tantoſt accommodant les
différends que la diſcorde, la
jalouſie, ou le mauvais conſeil
font naiſtre parmi les habitans
de la campagne : plus content
en luy-meſme, & peut-eſtre
plus grand aux yeux de Dieu,
lors que dans le fond d'une
ſombre allée, & ſur un tribunal de gazon, il avoit aſſeûré
le repos d'une pauvre famille
que lors qu'il décidoit des fortunes les plus éclatantes, ſur
le premier Trône de la Juſtice.

Vous le verriez recevant une
foule d'amis, comme fi chacun euft efté le feul, diftin-
guant les uns par la qualité, les
autres par le mérite, s'accommodant à tous, & ne fe préfe-
rant à perfonne. Jamais il ne
s'éleva fur fon front férein aucun de ces nuages que forment
le dégouft ou la défiance. Jamais il n'éxigea ni de circon-
fpection gefnante, ni d'affiduité
fervile. On l'entendit, felon les
temps, parler des grandes chofes, comme s'il euft négligé
les petites ; parler des petites,
comme s'il euft ignoré les grandes. On le vit dans des conver-
fations aifées & familieres, en-
gageant les uns à l'écouter avec
plaifir, les autres à luy répondre avec confiance, donnant à

chacun le moyen de faire paroiftre fon efprit, fans jamais s'eftre prévalu de la fuperiorité du fien.

Ces actions, MESSIEURS, vous femblent peut-eftre communes. Mais qui ne fçait que la véritable vertu s'étend & fe refferre quand il le faut, & qu'il y a de la grandeur à s'aquiter conftamment des moindres devoirs? Dans les affaires d'éclat, où l'on eft fouftenu par le défir de la gloire, par les efpérances de la fortune, par le bruit des acclamations & des loûanges, fouvent on fe contraint & l'on fe déguife. Mais dans une vie particuliere & retirée, où l'ame, fans intereft & fans précaution, s'abandonne à fes mouvemens naturels, on fe découvre tout

entier. Ce fut dans cette conduite ordinaire que M. DE LA-
MOIGNON fit paroiſtre ce qu'il
eſtoit. Jamais il ne ſe démentit,
jamais il ne ſe relaſcha. Dans
les choſes les moins importantes il ne laiſſa pas de ſuivre les
grandes régles. Quoy-qu'il agiſt
differemment, l'eſprit qui le fit
agir fut toûjours le meſme, &
l'on reconnut aiſément que la
ſageſſe luy eſtoit devenuë comme naturelle , & que ſa bonté conſtante, & toûjours égale ne venoit pas d'un effort de
réfléxion , mais du fond de
l'inclination qu'il y avoit, &
de l'habitude qu'il s'en eſtoit
faite.

Je me haſte, MESSIEURS,
de paſſer aux plus nobles effets
de cette bonté, je veux dire,

au foin qu'il eût des pauvres de
JESUS-CHRIST. Prés des murs
de cette ville Royale s'éleve un
vafte & fuperbe édifice, que
l'autorité des magiftrats, & les
aumofnes des citoyens entretiennent depuis trente ans, &
que Dieu, par des moyens que
la prudence humaine ne prévoit pas, & que fa Providence
a marquez, foûtiendra dans la
fuite des temps, malgré les re-
lafchemens du fiécle, & le re-
froidiffement de la pieté. C'eft-
là que la faim eft raffafiée, que
la nudité eft reveftuë, que l'infirmité eft guérie, que l'affliction eft confolée, que l'igno-
rance eft inftruite, & que chaque efpece de mifere de l'ame
ou du corps trouve une efpece
de mifericorde qui la foulage.

*L'Hofpital
Général.*

L'amour qu'on a naturelle-
ment pour l'ordre ; l'honneur
qu'on ſe fait d'avoir part aux
grandes œuvres de piété ; cer-
taine ferveur qu'on a d'ordinaire pour les nouveaux établiſſemens; & ſur tout la grace de
Jesus-Christ qui ranime de
temps-en-temps les ames tiédes : tout contribua d'abord à
fonder cette ſainte maiſon.
Mais elle fut bientoſt ébranlée.
Ceux qui avoient entrepris de
la ſouſtenir , tomberent eux-
meſmes par des accidens impré-
veûs. On vit tarir tout-d'un-
coup les principales ſources de
la charité. M. le Premier Préſi-
dent, par le droit de ſa Charge,
& plus encore par ſa propre inclination, entreprit de mainte-
nir un ouvrage que ſon illuſtre

Prédécesseur avoit commencé avec tant de succés.

Quel soin ne prit-il pas de chercher des fonds en un temps où la misere estant augmentée, & la charité refroidie, les Pauvres avoient plus besoin de secours, & les Riches avoient moins de volonté & moins de moyens de les secourir ? Quelle application n'eût-il pas pour établir la discipline parmi cette troupe de Mandians renfermez, qui regardent souvent leur asile comme une prison, & qui croyent n'avoir rien à ménager, parce qu'ils sentent bien qu'ils n'ont rien à perdre ? Quel ordre ne donna-t-il pas pour les accoustumer au travail & à la piété, afin qu'ils devinssent & plus agréables à Dieu, &

moins à charge à la charité des Fidelles ?

Ce fut en ce temps qu'on le vit paroiſtre à la Cour, & y demander avec empreſſement des audiances. Qui n'euſt dit que, ſous prétexte de rendre compte de ſon employ, il cherchoit l'heureux moment de faire valoir ſes ſervices, & de haſter les graces qu'il pouvoit eſperer du Prince ? Qui n'euſt penſé que c'eſtoit un hommage qu'il alloit rendre à la fortune, & qu'après avoir obtenu les dignitez, il recherchoit les biens qui manquoient encore à ſa Famille ? Vous vous trompiez, Prudens du ſiécle ; il demandoit pour les pauvres en un lieu où l'on ſe fait un point d'habileté de ne demander que pour ſoy,

& où l'on ignore aiſément les miſeres d'autruy, parce qu'on n'en reſſent aucune. Il ne ſe piqua jamais tant d'eſtre perſuaſif, que dans ces ſollicitations charitables ; & il ne fut pas ſi ſenſiblement touché des graces qu'on fit à ſa Maiſon, que des ſecours qu'il obtint pour les Hoſpitaux.

Il ne s'arreſta pas à la protection, MESSIEURS; il paſſa juſqu'aux aſſiſtances effectives, & il joignit à ſon credit ſes propres aumoſnes. Car ſans compter ces roſées fréquentes qu'il répandit ſur les terres de ſa dépendance, ni ces ſecours abondans qu'il contribua dans les calamitez publiques, il conſacra ce qu'il retiroit tous les ans du travail actuel du Palais, à la subsistance des Pauvres. Il n'estoit pas content de leur avoir distribué du pain, s'il ne l'avoit gagné luy-mesme. Il ne leur offroit pas les restes de sa vanité, ou de sa fortune, mais les fruits de ses propres mains. Il leur distribuoit par la Miséricorde ce qu'il avoit aquis par la Justice. Cette portion de son bien luy estoit sacrée ; il y mettoit son cœur comme à son tresor. Vous le sçavez, pieuse Confidente de ses aumosnes secrétes, qui luy rendez aujourd'huy les offices publics d'une sainte amitié ; vous le sçavez, avec quelle joye il dispensoit ces revenus de sa charité, pour racheter ses péchez, & pour honorer Dieu de sa subltance.

Madame de Miramion.

Que diront icy ceux qui parce qu'ils n'ont pas volé le bien d'autruy, croyent eftre en droit d'abufer du leur; comme fi l'aumofne n'eftoit pas une obligation indifpenfable pour tous les Chreftiens, comme fi l'on pouvoit abandonner les pauvres de JESUS-CHRIST, parce que d'autres les ont opprimez, & comme fi l'on ne devoit rien à Dieu, parce qu'on n'a rien pris aux hommes ? Que diront ceux qui veulent donner par dévotion ce qu'ils ont ravi par violence, qui fe promettent les récompenfes des juftes, parce qu'ils font quelques largefles de ces biens, qui font le prix de leurs injuftices, & qui fe font honneur auprés des pauvres, des

larcins mefmes qu'ils leur ont
faits ? Qu'ils fuivent l'exemple
d'un homme jufte, qui a ouvert
fon cœur & fes entrailles à fes
frères, qui leur a fait une of-
frande pure du bien le plus le-
gitimement aquis, & qui a-
prés avoir imité la bonté du
Seigneur, l'a cherché par la
piété.

CE n'eft pas fans raifon,
MESSIEURS, que l'efprit de
Dieu, qui donne à chaque eftat
les inftructions qui luy font
propres, ordonne aux Juges de
la terre, de chercher le Seigneur; parce qu'eftant d'un cofté liez à une infinité de devoirs, & de l'autre eftant regardez comme les arbitres du
fort des hommes, il eft diffici-

le que leur esprit ne s'arreste ou
à cette multiplicité d'affaires qui
les occupe, ou à la complai-
sance de cette autorité qui les
distingue. Il faut donc qu'ils
sortent comme d'eux-mesmes,
pour aller à Dieu par une piété
simple & sincére.

In simpli-
citate cor-
dis & sin-
ceritate Dei
2. Cor. 1. 12.

Je dis par une piété simple
& sincére : car, MESSIEURS,
il s'est élevé dans l'Eglise une
espéce de Chrestiens, qui se
faisant aux dépens mesme de
la dévotion, une réputation
d'estre dévots, couvrent leurs
passions sous une apparence de
piété, & sous un air extérieur
de réforme, pour arriver plus
facilement à leurs fins, & pour
surprendre l'approbation du
monde, en luy faisant accroi-
re qu'ils ont déja celle de Dieu.

Ce

Ce sont ces hommes, qui deviennent humbles pour pouvoir dominer, utiles afin de se
rendre néceffaires; & qui ju-
geant de tout, se meslant de
tout, & remuant mille refforts,
dont la Religion eft toûjours
le plus apparent, s'ils ne se
font eftimer par leur vertu, du
moins se font craindre par leur
cabale.

Je parle icy d'un véritable
Chreftien, qui n'eût pour guide que la Foy, qui ne s'attacha qu'aux maximes de l'Evangile, qui ne fut ni d'Apollo,
ni de Cephas, ni de Paul, mais
de J e s u s - C h r i s t ; qui ré-
prima les Impies, & n'eût
point de part avec les Hypo-
crites, & qui fuivant non pas
fon intereft, mais fon devoir,

O

& ramenant toutes chofes à leur principe, conferva fa Religion pure, & trouva Dieu, parce qu'il ne le chercha que pour luy - mefme.

Entreray-je, MESSIEURS, dans les exercices fecrets de fa piété? Diray - je qu'il déroboit le temps de fon fommeil pour le donner à la priere? Qu'il commença toutes fes journées par un facrifice qu'il fit à Dieu de luy-mefme? Que lifant tous les jours à genoux quelques articles de la Loy de Dieu, il puifoit dans les pures fources de la vérité, les regles de la véritable fageffe? Qu'il ne laiffa paffer aucune femaine fans rallumer fa ferveur par l'ufage des Sacremens? Qu'il fe rendoit compte à luy-mefme de tous les jugemens qu'il avoit rendus, & repaſſoit de temps en temps toutes les années de ſa vie dans l'amertume de ſon ame, pour s'exciter à la pénitence? Diray-je qu'il ſe renferma ſoigneuſement en luy-meſme, & ne montra de ſes bonnes œuvres qu'autant qu'il en falloit pour édifier les peuples? Qu'il n'en interrompit jamais le cours dans ſes plus grands embarras d'affaires; & que la couſtume & la longue habitude qu'il en avoit, ne diminua rien de ſa ferveur, ni de ſa tendreſſe?

Mais il a donné plus d'étenduë à ſa pieté, & j'ay de plus grandes choſes à dire que celles qui ſont bornées à ſon ſalut particulier. Quel amour

O ij

n'eût-il pas pour J E S U S-
C H R I S T ? Quel zele n'eût-il
pas pour la Religion? D'où venoit ce ſoin qu'il prit de ramener les anciens ordres dans la
premiere pureté de leur inſti-
tut, & de renouveller dans les
enfans l'eſprit de leurs peres,
en réparant les bréches que le
temps avoit faites à leur diſcipline? D'où venoit cette protection qu'il donnoit à tous ces
Ouvriers Evangeliques, qui
vont planter la Croix ſur les
rivages étrangers, & ſemer la
Foy de J E S U S-C H R I S T dans
les Iſles du nouveau Monde?
D'où venoit cette joye intérieure qu'il reſſentoit, lors qu'il
voyoit dans le Clergé des hommes dignes de leur miniſtere,
s'unir, & conſpirer enſemble,

pour diffiper par leurs inftructions & par l'exemple de leur
vie, les maximes d'erreur que
le monde infpire à ceux qui
le fuivent? Quel fut le principe
qui le fit agir en ces occafions,
finon le zele qu'il eût pour l'E-
glife ?

Permettez, MESSIEURS,
que je reprenne icy mes efprits,
& que je recueïlle ce qui me
refte de force, pour vous reprefenter ce qu'il a fait pour la
difcipline. Qui ne fçait que l'E-
glife eftoit dans une efpece de
fervitude? La jurifdiction fécu-
liere ne laiffoit prefque plus rien
à faire à la fpirituelle. Sous prétexte d'empefcher une trop auftere domination, ou de mainte-
nir des privileges que la néceffité des temps a fait accorder, on

O iij

renverſoit l'ordre , & ſouvent
on autoriſoit la rebellion. Ceux
qui ſecoûoient le joug de l'o-
béïſſance, & qui ne défendoient
leur liberté que pour entretenir leur libertinage, ne laiſſoient
pas d'eſtre écoutez, & de trouver des protecteurs. Les Evefques n'avoient plus de droits
qui fuſſent inconteſtables. Vou-
loient-ils punir un pécheur obſ-
tiné? Une Juſtice étrangere leur
oſtoit des mains ces armes que
JESUS-CHRIST meſme leur a
données. Entreprenoient-ils de
réprimer la licence ? Leur zele
paſſoit pour une entrepriſe contre les loix. Ils gémiſſoient en
ſecret, & ils portoient en vain
de temps en temps leurs plaintes juſqu'au pied du Trône.

Mais ſous un Chef ſi religieux

on a changé de Jurifprudence.
Le droit naturel n'eſt plus é-
touffé par les exemptions. La
brebis qui s'égare, eſt renvoyée
à ſon Paſteur. On confirme dans
le Palais ce qu'on ordonne dans
le Sanctuaire. Les pécheurs ne
trouvent plus de refuge que
dans leur propre pénitence ; &
les Loix du Prince n'eſtant plus
armées que pour faire obſerver
celles de Dieu, chaque Prélat
peut faire le bien , & corriger
le mal ſans oppoſition. Sacrez
Miniſtres de JESUS-CHRIST,
dont ce grand homme a ſi ſouvent ſouſtenu les droits , vous
le loûaſtes dans vos Aſſem-
blées ; vous luy rendiſtes par
vos Députez des témoignages
publics de reconnoiſſance. La
capacité, la ſageſſe, & la pieté

de son illustre Successeur vous
promettent les mesmes secours;
& vos vœux seront accomplis,
quand cét Auguste Parlement,
qui doit estre la regle & le mo-
dele de tous les autres, leur
aura communiqué son esprit &
ses maximes.

Quelque gloire que M. DE
LAMOIGNON ait aquise, en
faisant observer la discipline,
je n'en parlerois qu'en tremblant, s'il ne l'avoit luy-mesme
observée; je loûerois son autorité, & je me défierois de son
desinteressement. Mais comme
ses Jugemens ont esté justes, sa
conduite de mesme a toûjours
esté irreprochable. Ne refusa-
t-il pas une grande Abbaye
qu'on luy offrit pour un de ses
fils, parce qu'il n'estoit pas en-

core capable de se déterminer
par son propre choix, & que la
joüissance d'un grand revenu
luy pouvoit estre dans la suite
un engagement à demeurer sans
vocation dans l'estat Ecclesiasti-
que? Où sont les peres scrupu-
leux, qui négligent des moyens
si seûrs & si faciles d'établir la
fortune de leurs enfans; qui
n'attirent sur eux du patrimoi-
ne de JESUS-CHRIST, quand
ils ne peuvent leur donner du
leur; & qui ne rachetent par
des dispenses la foiblesse de
leur volonté, & l'incapacité de
leur âge? Heureux qui n'alla
pas aprés les richesses! Plus
heureux qui les refusa quand
elles allerent à luy!

Il n'eût pas moins de soin d'e-
xaminer la vocation de ses deux

vertueuses Filles qui portent le joug du Seigneur dans un des

plus saints Ordres de l'Eglise. De quelle adresse n'usa-t-il pas pour découvrir si le desir qu'elles avoient de se consacrer à Dieu, estoit une résolution constante, ou une ferveur passagere ? Combien de fois leur representa-t-il les conséquences dangereuses d'une retraite précipitée ? Avec quelle tendresse demanda-t-il à Dieu qu'il les déterminast par sa divine volonté, & qu'il les conduisist par sa sagesse ? Aprés leur avoir montré les vanitez du monde qu'elles avoient résolu de quitter, il leur fit voir les Croix où elles devoient estre attachées, & n'oublia rien de ce qui pouvoit l'asseûrer de

la folidité d'un deffein qu'il luy
eftoit important de connoiftre,
& qu'il ne luy eftoit pas permis
de traverfer.

Des vertus fi pures & fi
chreftiennes furent comme autant de difpofitions à une fainte
& heureufe mort. Il ne fallut
pas l'y préparer par de lentes
infirmitez, ni la luy faire reffentir par de cruelles douleurs.
L'ayant confiderée depuis long-
temps, non feulement comme
néceffaire à tous les hommes,
mais encore comme avantageu-
fe aux Chreftiens, il en fut frapé, mais il n'en fut pas furpris.
Son efprit heureufement rempli de funeftes preffentimens
de fa fin prochaine, fe fortifia
contre les craintes de l'avenir
par de longues & férieufes ré-

Spiritu ma-
gno vidit
ultima.
Ecdi. 47.

fléxions qu'il y fit. Il regarda, sans s'étonner, l'appareil de son sacrifice. Il vit le monde preft à s'évanoûir pour luy, mais il ne l'avoit jamais crû folide. Il vit l'Eternité s'approcher, & il redoubla ses forces pour achever ce qui reftoit à fournir de fa carriere. Il vit les Jugemens de Dieu, il les craignit; mais il les attendit avec confiance. Cét amour fi vif & fi tendre qu'il avoit eû pour fa Famille, fe confondit infenfiblement dans la charité qu'il avoit pour Dieu. Ainfi, dépouillé de toutes les affections du monde, il ne penfa qu'à fon falut ; & ramenant toutes les créatures dans le fein de leur Créateur, il s'y rendit luy-mefme, pour s'aller joindre à fon principe, & pour y recevoir la récompenfe de fes vertus.

N'attendez pas, MESSIEURS, que je faffe icy un dernier effort pour vous émouvoir à la pitié & à la douleur. J'offenferois cette Ame fainte, qui aprés avoir lavé dans le fang de JESUS-CHRIST ces taches que le peché laiffe en nous aprés noftre mort, joûit fans doute d'un bonheur éternel dans les Tabernacles du Dieu vivant. Vous le fçavez, mon Dieu, & je ne fais que le préfumer : mais tant de graces que vous luy fiftes, & tant de vœux qu'on vous a faits ; JESUS-CHRIST tant de fois invoqué, tant de fois mefme immolé pour luy fur l'Autel, fans entrer trop avant dans vos Jugemens, me donne cette confiance.

Puiſſe-t-il avoir receû de vos mains cette couronne de Juſtice que vous donnez à ceux qui vous aiment ! Puiſſent ces flambeaux que la pieté Chreſtienne a rallumez, eſtre les marques de ſa gloire, plûtoſt que les ornemens de ſes funérailles ! Puiſſe ce ſacrifice d'expiation qu'on offre pour luy, eſtre aujourd'huy un ſacrifice d'action de graces ! Et vous, Messieurs, puiſſiez-vous faire revivre aprés ſa mort les vertus qu'il a pratiquées, afin d'arriver à la gloire qu'il s'eſt aquiſe !

Extrait des Privileges.

PAR Lettres Patentes du Roy données à Saint Germain en Laye le 6. Février 1676. signées DESVIEUX, & scellées du grand Sceau de cire jaune, il est permis à Sebastien Mabre-Cramoisy Imprimeur du Roy, & Directeur de son Imprimerie Royale du Louvre, d'imprimer en un recueil, ou séparément, l'*Oraison Funébre de Madame la Duchesse de Montausier, celle de Madame la Duchesse d'Aiguillon, & celle de Monsieur de Turenne, composées par M. l'Abbé Fléchier,* & ce pendant le temps & espace de quinze années consecutives. Avec défenses, &c.

Regiftré fur le Livre des Imprimeurs & Libraires de Paris le 10. *Février* 1676. Signé, D. THIERRY, Sindic.

PAR Lettres Patentes du Roy données à Saint Germain en Laye le 9. Mars 1679. signées JUNQUIERES, & scellées du grand Sceau de cire jaune, il est permis audit Sebastien Mabre-Cramoisy d'imprimer de telle maniere qu'il voudra, l'*Oraison Funébre de Monsieur le premier Président de Lamoignon, composée par M. l'Abbé Fléchier,* & ce pendant le temps & espace de dix années consecutives. Avec défenses. &c.

Regiftré fur le Livre des Imprimeurs & Libraires de Paris le 13. *Mars* 1679. Signé, E. COUTEROT, Sindic.

www.ingramcontent.com/pod-product-compliance
Lightning Source LLC
Chambersburg PA
CBHW050152030726
47505CB00005B/1340